1617 *6.*

H.

HISTOIRE
DES
ORACLES.

Par M. DE FONTENELLE
de l'Academie Françoife.

NOUVELLE EDITION.

P VS

A PARIS,

Chez MICHEL BRUNET, grand' Salle
du Palais, au Mercure Galant.

M. DCC. XIII.
AVEC PRIVILEGE DU ROY.

PREFACE.

I L y a quelque temps qu'il me tomba entre les mains un Livre Latin sur les Oracles des Payens, composé depuis peu par Monsieur Van-Dale, Docteur en Medecine, & imprimé en Hollande. Je trouvay que cet Auteur détruisoit avec assez de force ce que l'on croit communément des Oracles rendus par les Démons, & de leur cessation entiere à la venuë de Jesus-Christ; & tout

PREFACE.

l'Ouvrage me parut plein d'une
grande connoiſſance de l'Antiquité, & d'une érudition tres-
étenduë. Il me vint en penſée
de le traduire, afin que les Femmes, & ceux meſme d'entre les
Hommes qui ne liſent pas volontiers du Latin ne fuſſent point
privez d'une lecture ſi agreable
& ſi utile. Mais je fis reflexion
qu'une traduction de ce Livre
ne ſeroit pas bonne pour l'effet
que je prétendois. Monſieur
Van-Dale n'a écrit que pour les
Sçavans, & il a eu raiſon de
négliger des agrémens dont ils ne
feroient aucun cas. Il rapporte

PREFACE.

un grand nombre de Paſſages
qu'il cite tres-fidelement, &
dont il fait des Verſions d'une
exactitude merveilleuſe lors qu'
il les prend du Grec ; il entre
dans la diſcuſſion de beaucoup de
points de critique, quelquefois
peu neceſſaires, mais toûjours
curieux. Voilà ce qu'il faut aux
Gens doctes ; qui leur égayeroit
tout cela par des reflexions, par
des traits ou de Morale, ou meſme de Plaiſanterie, ce ſeroit un
ſoin dont ils n'auroient pas grande reconnoiſſance. De plus Monſieur Van-Dale ne fait nulle difficulté d'interrompre tres-ſouvent

ã iij

PREFACE.

le fil de son discours, pour y faire entrer quelque autre chose qui se presente, & dans cette parenthese-là il y enchasse une autre parenthese, qui mesme n'est peuteftre pas la derniere ; il a encore raison, car ceux pour qui il a prétendu écrire, sont faits à la fatigue en matiere de lecture, & ce desordre sçavant ne les embarasse pas. Mais ceux pour qui j'aurois fait ma Traduction ne s'en fussent guere accommodez si elle eust esté en cet estat ; les Dames, & pour ne rien dissimuler, la pluspart des Hommes de ce Païs-cy, sont bien aussi sensi-

PREFACE.

bles à l'agrément ou du tour, où
des expreſſions, ou des pensées,
qu'à la ſolide beauté des recherches les plus exactes, ou des diſcuf-
ſions les plus profondes. Sur tout,
comme on eſt fort pareſſeux, on
veut de l'ordre dans un Livre,
pour eſtre d'autant moins obligé
à l'attention. Je n'ay donc plus
ſongé à traduire, & j'ay crû qu'-
il valoit mieux en conſervant le
fond & la matiere principale de
l'Ouvrage, luy donner toute une
autre forme. J'avoüe qu'on ne
peut pas pouſſer cette liberté plus
loin que j'ay fait ; j'ay changé
toute la diſpoſition du Livre, j'ay

PREFACE.

retranché tout ce qui m'a paru a-
voir un peu d'utilité en soy, ou
trop peu d'agrément pour récom-
penser le peu d'utilité ; j'ay ajoûté non-seulement tous les orne-
mens dont j'ay pû m'aviser, mais
encore assez de choses qui prouvent où qui éclaircissent ce qui est
en question ; sur les mesmes faits
& sur les mesmes Passages que
me fournissoit Monsieur Van-
Dale, j'ay quelquefois raisonné
autrement que luy, je ne me suis
point fait un scrupule d'inserer
beaucoup de raisonnemens qui ne
sont que de moy ; enfin j'ay re-
fondu tout l'Ouvrage, pour le

PREFACE.

remettre dans le mefme eftat où je l'euffe mis d'abord felon mes veuës particulieres, fi j'avois eu autant de fçavoir que Monfieur Van-Dale. Comme j'en fuis extrêmement éloigné, j'ay pris fa Science, & j'ay hazardé de me fervir de mon efprit, tel qu'il eft; je n'euffe pas manqué fans doute de prendre le fien fi j'avois eu affaire aux mefmes Gens que luy. Au cas que cecy vienne à fa connoiffance, je le fupplie de me pardonner la licence dont j'ay ufé, elle fervira à faire voir combien fon Livre eft excellent, puis qu'affurément ce qui luy appartient

PREFACE.

icy paroiftra encore tout-à-fait
beau, quoy qu'il ait paffé par
mes mains.

Au refte, j'apprends depuis peu
deux chofes qui ont rapport à ce
Livre. La premiere que j'ay prife
dans les Nouvelles de la Republique des Lettres, eft que Monfieur
Moëbius, Doyen des Profeffeurs
en Theologie à Leipfic, a entre-
pris de refuter Monfieur Van-
Dale. Veritablement il luy paffe que les Oracles n'ont pas ceffé
à la venuë de Jefus-Chrift, ce
qui eft effectivement inconteſta-
ble quand on a examiné la queftion ; mais il ne luy peut accor-

PREFACE.

der que les Demons n'ayent pas esté les Auteurs des Oracles. C'est deja faire une bréche tres-considerable au Sistême ordinaire, que de laisser les Oracles s'étendre au de-là du temps de la venuë de Jesus-Christ, & c'est un grand prejugé qu'ils n'ont pas esté rendus par des Demons, si le Fils de Dieu ne leur a pas imposé silence. Il est certain que selon la liaison que l'opinion commune a mise entre ces deux choses, ce qui détruit l'une ébranle beaucoup l'autre, ou mesme la rüine entierment; & peut-estre aprés la lecture de ce Livre entrera-

PREFACE.

t-on encore mieux dans cette pen-
see ; mais ce qui est plus remarquable, c'est que par l'Extrait de
la Republique des Lettres il paroist qu'une des plus fortes raisons
de Monsieur Moëbius contre M.
Van-Dale, est que Dieu défendit aux Israëlites de consulter les
Devins & les Esprits de Pithon,
d'où l'on conclut que Pithon,
c'est-à-dire les Demons, se mé-
loient des Oracles, & apparemment l'Histoire de l'apparition de
Samuël vient à la suite. Monsieur Van-Dale répondra ce qu'il
jugera à propos ; pour moy, je
declare que sous le nom d'Oracle

PREFACE.

je ne pretends point comprendre la Magie dont il est indubitable que le Demon se méle; aussi n'est-elle nullement comprise dans ce que nous entendons ordinairement par ce mot, non pas mesme selon le sens des anciens Payens, qui d'un costé regardoient les Oracles avec respect comme une partie de leur Religion, & de l'autre avoient la Magie en horreur aussi-bien que nous. Aller consulter un Necromancien, ou quelqu'une de ces Sorcieres de Thessalie, pareille à l'Ericto de Lucain, cela ne s'appelloit pas aller à l'Oracle; & s'il faut marquer encore cette distinction, mesme selon l'opinion commune, on prétend que les Oracles ont cessé à la venuë de Jesus-Christ, & cependant on ne peut pas prétendre que la Magie ait cessé. Ainsi l'objection de Monsieur Moëbius ne fait rien contre moy, s'il laisse le mot d'Oracle dans sa signification ordinaire & naturelle, tant ancienne que moderne.

La seconde chose que j'ay à dire, c'est que l'on m'a averty que le R. P. Thomassin, Prétre de l'Oratoire, fameux par tant de beaux Livres, où il a accordé une pieté solide avec une

PREFACE.

profonde érudition, avoit enlevé à ce Livre-cy l'honneur de la nouveauté du Paradoxe, en traitant les Oracles de pures fourberies dans sa Methode d'étudier & d'enseigner chrestiennement les Poëtes. J'avoüe que j'en ay esté un peu fâché ; cependant je me suis consolé par la lecture du Chap. xxi. du Liv. ii. de cette Methode, où je n'ay trouvé que dans l'Article xix. en assez peu de paroles, ce qui me pouvoit estre commun avec luy. Voicy comme il parle. La veritable raison du silence imposé aux Oracles, étoit que par l'in-

carnation du Verbe Divin la
Verité éclairoit le monde, &
y répandoit une abondance
de lumieres tout autres qu'-
auparavant. Ainsi on se dé-
trompoit des illusions des
Augures, des Astrologues,
des observations des entrailles des Bestes, & de la pluspart des Oracles, qui n'é-
toient effectivement que des
impostures, où les hommes
se trompoient les uns les autres par des paroles obscures,
& à double sens. Enfin, s'il y
avoit des Oracles où les Demons donnoient des répon-
ses,

PREFACE.

ſes, l'avenement de la Verité incarnée avoit condamné à un ſilence éternel le Pere du menſonge. Il eſt au moins bien certain qu'on conſul-toit les Demons lors qu'on avoit recours aux Enchante-mens & à la Magie, comme Lucain le rapporte du jeune Pompée, & comme l'Ecri-ture l'aſſure de Saül. *Je con-viens que dans un gros Traité où l'on ne parle des Oracles que par occaſion, trés-briévement, & ſans aucun deſſein d'approfon-dir la matiere, c'eſt bien en dire aſſez que d'attribuer la pluſpart*

ē

PREFACE.

des Oracles à l'imposture des hommes, de revoquer en doute s'il y en a eu où les Demons ayent eu part, de ne donner une fonction certaine aux Demons que dans les Enchantemens & dans la Magie, & enfin de faire cesser les Oracles, non pas précisément parce que le Fils de Dieu leur imposa silence tout d'un coup, mais parce que les Esprits plus éclairez par la publication de l'Evangile, se desabuserent, ce qui suppose encore des fourberies humaines, & ne s'est pû faire si promptement. Cependant il me paroist qu'une question décidée en si peu de paroles,

PREFACE.

peut estre traitée de nouveau
dans toute son étenduë naturelle,
sans que le Public ait droit de se
plaindre de la repetition ; c'est
luy remettre en grand ce qu'il
n'a encore vû qu'en petit, & tellement en petit, que les objets
en estoient quasi imperceptibles.

Je ne sçay s'il m'est permis
d'allonger encore ma Preface par
une petite observation sur le stile
dont je me suis servy. Il n'est que
de Conversation, je me suis imaginé que j'entretenois mon Lecteur ; j'ay pris cette idée d'autant
plus aisément qu'il falloit en
quelque sorte disputer contre luy,

ë ij

PREFACE.

& les matieres que j'avois en main estant le plus souvent assez susceptibles de ridicule, m'ont invité à une maniere d'écrire fort éloignée du Sublime. Il me semble qu'il ne faudroit donner dans le Sublime qu'à son corps défendant. Il est si peu naturel. J'avoüe que le stile bas est encore quelque chose de pis; mais il y a un milieu, & mesme plusieurs. C'est ce qui fait l'embaras; on a bien de la peine à prendre juste le ton que l'on veut, & à n'en point sortir.

TABLE DES CHAPITRES.

PREMIERE DISSERTATION.

DES CHAPITRES.

SECONDE DISSERTATION.

Fin de la Table des Chapitres.

HISTOIRE

HISTOIRE

DES

ORACLES.

MON deſſein n'eſt pas de traiter directement l'Hiſtoire des Oracles; je ne me propoſe que de combattre l'opinion commune qui les attribuë aux Demons, & les fait ceſſer à la venuë de JESUS-CHRIST; mais en la combattant, il faudra neceſſairement que je faſſe toute l'Hiſ-

A

toire des Oracles, & que j'explique leur origine, leur progrez, les differentes manieres dont ils se rendoient, & enfin leur décadence, avec la même exactitude que si je suivois dans ces matieres l'ordre naturel & historique.

Il n'est pas surprenant que les effets de la Nature donnent bien de la peine aux Philosophes. Les Principes en sont si cachez que la raison humaine ne peut presque sans temerité songer à les découvrir ; mais quand il n'est question que de sçavoir si les Oracles ont pû être un jeu & un artifice des Prêtres Payens, où peut-être la difficulté? Nous qui sommes hommes, ne sçavons-nous pas

bien jufqu'à quel point d'autres
hommes ont pû être ou Impo-
fteurs, ou Dupes ? Sur tout,
quand il n'eft queftion que de
fçavoir en quel temps les Oracles ont ceffé, d'où peut naif-
tre le moindre fujet de douter?
Tous les Livres font pleins d'O-
racles. Voyons en quel temps
ont efté rendus les derniers dont
nous ayons connoiffance.

Mais nous n'avons garde de
permettre que la décifion des
chofes foit fi facile, nous y fai-
fons entrer des préjugez, qui y
forment des embarras bien plus
grands que ceux qui s'y fuffent
trouvez naturellement, & ces
difficultez, qui ne viennent que
de noftre part, font celles dont
nous avons nous-mefmes le plus

de peine à nous démefler.

L'affaire des Oracles n'en auroit pas, à ce que je croy, de bien confiderables, fi nous ne les y avions mifes. Elle eftoit de fa nature une affaire de Religion chez les Payens ; elle en eft devenuë une fans neceffité chez les Chreftiens, & de toutes parts on l'a chargée de préjugez, qui ont obfcurci des veritez fort claires.

J'avoüe que les préjugez ne font pas communs d'eux-mefmes à la vraye & aux fauffes Religions. Ils regnent neceffairement dans celles qui ne font l'ouvrage que de l'efprit humain, mais dans la vraye, qui eft un ouvrage de Dieu feul, il ne s'y en trouveroit jamais au-

cun, si ce mesme esprit humain
pouvoit s'empêcher d'y toucher,
& d'y mesler quelque chose du
sien. Tout ce qu'il y ajoûte de
nouveau, que seroit-ce que des
préjugez sans fondement? il n'est
pas capable d'ajoûter rien de
réel & de solide à l'Ouvrage de
Dieu.

Cependant ces préjugez qui
entrent dans la vraye Religion,
trouvent, pour ainsi dire, le
moyen de se faire confondre
avec elle, & de s'attirer un respect qui n'est deû qu'à elle seule. On n'ose les attaquer, de
peur d'attaquer en mesme tems
quelque chose de sacré. Je ne
reproche point cet excés de Religion à ceux qui en sont capables, au contraire je les en loüe,

mais enfin quelque loüable que
foit cet excés, on ne peut dif-
convenir que le jufte milieu ne
vaille encore mieux, & qu'il ne
foit plus raifonnable de démêler
l'Erreur d'avec la Verité, que de
refpecter l'Erreur mêlée avec la
Verité.

Le Chriftianifme a toûjours
efté par luy-mefme en eftat de
fe paffer de fauffes preuves, mais
il y eft encore prefentement
plus jamais, par les foins
que de grands Hommes de ce
Siecle ont pris de l'établir fur
fes veritables fondemens, avec
plus de force que les Anciens
n'avoient jamais fait. Nous de-
vons eftre remplis fur noftre
Religion d'une jufte confiance,
qui nous faffe rejetter de faux

avantages qu'un autre Party que
le noſtre pourroit ne pas negliger.

Sur ce pied-là, j'avance hardiment que les Oracles, de quelque nature qu'ils ayent eſté,
n'ont point eſté rendus par les
Demons, & qu'ils n'ont point
ceſſé à la venue de Jeſus-Chriſt.
Chacun de ces deux Points mé-
rite bien une Diſſertation.

PREMIERE

DISSERTATION

Que les Oracles n'ont point esté rendus par les Demons.

L eſt conſtant qu'il y a des Demons, des Ge-nies mal-faiſans, & con-damnez à des tourmens éter-nels. La Religion nous l'ap-prend, la raiſon nous apprend enſuite que ces Demons ont pû animer des Statuës, & rendre des Oracles, ſi Dieu le leur a permis; il n'eſt queſtion que de ſçavoir s'ils ont reçû de Dieu cette permiſſion.

Ce n'eſt donc qu'un Point de fait dont il s'agit ; & comme ce Point de fait a uniquement dépendu de la volonté de Dieu, il eſtoit de nature à nous devoir eſtre revelé, ſi la connoiſſance nous en euſt eſté neceſſaire.

Mais l'Ecriture Sainte ne nous apprend en aucune maniere que les Oracles ayent eſté rendus par des Demons, & dés-lors nous ſommes en liberté de prendre party ſur cette matiere ; elle eſt du nombre de celles que la Sageſſe Divine a jugées aſſez indifferentes pour les abandonner à nos diſputes.

Cependant les avis ne ſont point partagez ; tout le monde

tient qu'il y a eu quelque chofe de furnaturel dans les Oracles. D'où vient cela ? La raifon en eft bien aifée à trouver pour ce qui regarde le temps prefent. On a crû dans les premiers Siecles du Chriftianifme, que les Oracles eftoient rendus par des Demons, il ne nous en faut pas davantage pour le croire aujourd'huy. Tout ce qu'ont dit les Anciens, foit bon, foit mauvais, eft fujet à eftre bien repeté, & ce qu'ils n'ont pû eux-mefmes prouver par des raifons fuffifantes, fe prouve à prefent par leur autorité feule. S'ils ont prévû cela, ils ont bien fait de ne fe pas donner toûjours la peine de raifonner fi exactement.

Mais pourquoy tous les premiers Chrestiens ont-ils crû que les Oracles avoient quelque chose de surnaturel ? Recherchons-en presentement les raisons; nous verrons ensuite, si elles estoient assez solides.

CHAPITRE I.

Premiere Raison, pourquoy les anciens Chrestiens ont crû que les Oracles étoient rendus par les Demons. Les Histoires surprenantes qui couroient sur le fait des Oracles & des Genies.

L'Antiquité est pleine de je ne sçay combien d'Histoires surprenantes, & d'Oracles

qu'on croit ne pouvoir attribuer
qu'à des Genies. Nous n'en rap-
porterons que quelques exemples, qui reprefenteront tout le
refte.

Tout le monde fçait ce qui
arriva au Pilote Thamus. Son
Vaiffeau eftant un foir vers de
certaines Ifles de la Mer Egée,
le vent ceffa tout-à-fait. Tous
les Gens du Vaiffeau eftoient
bien éveillez, la plûpart mefme
paffoient le temps à boire les
uns avec les autres, lors qu'on
entendit tout d'un coup une
voix qui venoit des Ifles, & qui
appelloit Thamus. Thamus fe
laiffa appeller deux fois fans répondre, mais à la troifiéme il
répondit. La Voix luy commanda que quand il feroit arrivé à

un certain lieu, il criât que le grand Pan eftoit mort. Il n'y eut perfonne dans le Navire qui ne fût faifi de frayeur & d'épouvante. On déliberoit fi Thamus devoit obéïr à la Voix , mais Thamus conclut que fi quand ils feroient arrivez au lieu marqué, il faifoit affez de vent pour paffer outre, il ne falloit rien dire; mais que fi un calme les arreftoit là, il falloit s'acquitter de l'ordre qu'il avoit reçû. Il ne manqua point d'eftre furpris d'un calme à cet endroit là, & auffi - toft il fe mît à crier de toute fa force que le grand Pan eftoit mort. A peine avoit-il ceffé de parler, que l'on entendit de tous coftez des plaintes & des gemiffemens, comme d'un grand nombre de

personnes surprises & affligées
de cette nouvelle. Tous ceux qui
estoient dans le Vaisseau furent
témoins de l'avanture. Le bruit
s'en répandit en peu de temps
jusqu'à Rome, & l'Empereur
Tibere ayant voulu voir Thamus luy - même, assembla des
gens Sçavans dans la Theologie
Payenne, pour apprendre d'eux
qui estoit ce grand Pan, & il fut
conclu que c'étoit le Fils de
Mercure & de Penelope. C'est
ainsi que dans le Dialogue où
Plutarque traite des Oracles qui
ont cessé, Cleombrote conte
cette Histoire, & dit qu'il la
tient d'Epithersés son Maistre de
Grammaire, qui estoit dans le
Vaisseau de Thamus lors que la
chose arriva.

Thulis * fut un Roy d'Egypte
dont l'Empire s'étendoit jusqu'à
l'Ocean. C'est luy, à ce qu'on
dit, qui donna le nom de Thu-
lé à l'Isle qu'on appelle presentement Islande. Comme son Empire alloit apparemment jusque-
là, il estoit d'une belle étenduë.
Ce Roy enflé de ses succés & de
sa prosperité, alla à l'Oracle de
Serapis, & luy dit.

Toy qui es le maistre du feu, &
qui gouverne le cours du Ciel, dis-
moy la verité. Y a-t-il jamais eu,
& y aura-t'il jamais quelqu'un
aussi puissant que moy ?

L'Oracle luy répondit.

Premierement Dieu, ensuite la
Parole, & l'Esprit avec eux, tous
s'assemblans en un, dont le pouvoir

* Suidas.

ne peut finir. Sors d'icy promptement, Mortel, dont la vie est toûjours incertaine.

Au sortir de-là, Thulis fut égorgé.

Eusebe a tiré des Ecrits mesme de Porphire, ce grand ennemy des Chrestiens, les Oracles suivans.

1. *Gemissez, Trépiez. Apollon vous quitte; il vous quitte, forcé par une lumiere celeste. Jupiter a esté, il est, & il sera. O grand Jupiter! Helas! mes fameux Oracles ne sont plus.*

2. *La voix ne peut revenir à la Prêtresse. Elle est déja condamnée au silence depuis long-temps. Faites toûjours à Apollon des Sacrifices dignes d'un Dieu.*

3. *Malheureux Prestre,* disoit Apollon

pollon à son Prestre , *ne m'interroge plus sur le divin Pere , ny sur son Fils unique , ny sur l'Esprit qui est l'ame de toutes choses. C'est cet Esprit qui me chasse à jamais de ces lieux.*

Auguste * déja vieux , & songeant à se choisir un Successeur, alla consulter l'Oracle de Delphes. L'Oracle ne répondoit point, quoy qu'Auguste n'épargnast pas les Sacrifices. A la fin cependant il en tira cette réponse.

L'Enfant Hebreu, à qui tous les Dieux obéissent, me chasse d'icy , & me renvoye dans les Enfers. Sors de ce Temple sans parler.

Il est aisé de voir que sur de pareilles Histoires, on n'a pas

* Suidas, Nicephore , Cedrenus.

B

pû douter que les Demons ne se
meslassent des Oracles. Ce
grand Pan qui meurt sous Tibere, aussi-bien que Jesus-Christ,
est le Maistre des Demons, dont
l'Empire est ruïné par cette mort
d'un Dieu si salutaire à l'Univers ; ou si cette explication ne
vous plaist pas ; car enfin on peut
sans impieté donner des sens
contraires à une mesme chose,
quoy qu'elle regarde la Religion ;
ce grand Pan est Jesus-Christ
luy-mesme, dont la mort cause
une douleur & une consterna-
tion generale parmy les Demons, qui ne peuvent plus exer-
cer leur tyrannie sur les hommes. C'est ainsi qu'on a trouvé
moyen de donner à ce grand
Pan deux faces bien differentes.

L'Oracle rendu au Roy Thulis ; un Oracle si positif sur la
Sainte Trinité , peut-il estre une
fiction humaine ? Comment le
Prêtre de Serapis auroit-il deviné
un si grand Mystere , inconnu
alors à toute la Terre, & aux Juifs
mesmes ?

Si ces autres Oracles eussent
esté rendus par des Prestres
Imposteurs ; qui obligeoit ces
Prêtres à se décrediter eux-mesmes , & à publier la cessation de
leurs Oracles ? n'est-il pas visible
que c'étoient des Demons que
Dieu mesme forçoit à rendre témoignage à la Verité ? De plus,
pourquoy les Oracles cessoient-
ils, s'ils n'étoient rendus que par
des Prestres ?

CHAPITRE II.

Seconde Raison des Anciens Chrétiens pour croire les Oracles surnaturels. Convenance de cette opinion avec le Sistême du Christianisme.

LEs Demons estant une fois constans par le Christianisme, il a esté assez naturel de leur donner le plus d'employ qu'on pouvoit, & de ne les pas épargner pour les Oracles, & les autres miracles Payens qui sembloient en avoir besoin. Par là on se dispensoit d'entrer dans la discussion des faits qui eust esté longue & difficile, & tout ce

qu'ils avoient de surprenant &
d'extraordinaire, on l'attribuoit
à ces Demons que l'on avoit en
main. Il sembloit qu'en leur rapportant ces évenemens, on con-
firmast leur existence, & la Religion même qui nous la revele.

De plus, il est certain que vers
le tems de la Naissance de Jesus-
Christ, il est souvent parlé de
la cessation des Oracles, mesme
dans les Auteurs Prophanes.
Pourquoy ce temps-là plûtost
qu'un autre avoit-il esté destiné
à leur aneantissement ? Rien n'é-
toit plus aisé à expliquer selon
le Sistême de la Religion Chré-
tienne. Dieu avoit fait son Peuple du Peuple Juif, & avoit
abandonné l'Empire du reste de
la Terre aux Demons jusques à

l'arrivée de son Fils; mais alors il les dépoüille du pouvoir qu'il leur avoit laissé prendre, il veut que tout fléchisse sous Jesus-Christ, & que rien ne fasse obstacle à l'établissement de son Royaume sur les Nations. Il y a je ne sçay quoy de si heureux dans cette pensée, que je ne m'étonne pas qu'elle ait eu beaucoup de cours; c'est une de ces choses à la verité desquelles on est bien aise d'aider, & qui persuadent parce qu'on y est favorable.

CHAPITRE III.

Troisiéme Raison des anciens Chré-
tiens. Convenance de leur opinion
avec la Philosophie de Platon.

JAmais Philosophie n'a esté
plus à la mode qu'y fut celle
de Platon chez les Chrétiens pendant les premiers Siecles de l'E-
glise. Les Payens se partageoient
encore entre les differentes Sectes de Philosophes; mais la con-
formité que l'on trouva qu'avoit
le Platonisme avec la Religion,
mit dans cette seule Secte presque tous les Chrestiens sçavans.
De-la vint l'estime prodigieuse
dont on s'entesta pour Platon,

on le regardoit comme une eſpece de Prophete, qui avoit deviné pluſieurs Points importans
du Chriſtiamiſme, ſur tout la
ſainte Trinité, que l'on ne peut
nier qui ne ſoit aſſez clairement
contenuë dans ſes écrits. Auſſi
ne manqua - t - on pas de prendre ſes Ouvrages pour des Com-
mentaires de l'Ecriture, & de
concevoir la nature du Verbe
comme il l'avoit conçûë. Il ſe
figuroit Dieu tellement élevé
au deſſus des Creatures, qu'il
ne croyoit pas qu'elles puſſent
eſtre ſorties immediatement de
ſes mains, & il mettoit entre
elles & luy ce Verbe, comme
un degré par lequel l'action
de Dieu pût paſſer juſqu'à elles. Les Chrétiens prirent cette
　　　　　　　　　　meſme

mesme idée de Jesus-Christ, &
c'est-là peut-estre la cause pourquoy jamais Heresie n'a esté ny
plus generalement embrassée, ny
soûtenuë avec plus de chaleur
que l'Arianisme.

Ce Platonisme donc, qui sembloit faire honneur à la Religion Chrestienne lors qu'il luy
estoit favorable, se trouva tout
plein de Demons, & de-là ils se
répandirent aisément dans le Sistême que les Chrestiens imaginerent sur les Oracles.

Platon veut que les Demons
soient d'une nature moyenne
entre celle des Dieux, & celle
des hommes ; que ce soit des
Genies aëriens destinez à faire
tout le commerce des Dieux &
de nous ; que quoy qu'ils soient

C

proches de nous, nous ne les puissions voir ; qu'ils penetrent dans toutes nos pensées ; qu'ils ayent de l'amour pour les bons, & de la haîne pour les méchans, & que ce soit en leur honneur qu'on a étably tant de sortes de Sacrifices, & tant de Ceremonies differentes.

Il ne paroist point par là que Platon reconnoist de mauvais Démons, ausquels on pust donner le soin des fourberies des Oracles. Plutarque * cependant assure qu'il en reconnoissoit, & à l'égard des Platoniciens, la chose est hors de doute. Eusebe dans sa Préparation Evangelique, * rapporte quantité de

* *Dialogue des Oracles qui ont cessé.*

* *Liv. 4. 5. 6.*

paſſages de Porphire , où ce
Philoſophe Payen aſſeure que
les mauvais Dæmons ſont les
auteurs des Enchantemens, des
Philtres , & des Maleſices ;
qu'ils ne font que tromper nos
yeux par des Spectres , & par
des Fantoſmes ; que le Menſonge eſt eſſentiel à leur nature ; qu'ils excitent en nous la
pluſpart de nos paſſions ; qu'ils
ont l'ambition de vouloir paſſer
pour des Dieux ; que leurs corps
aëriens & ſpirituels ſe nourriſ-
ſent de ſuffumigations, de ſang
répandu , & de la graiſſe des
Sacrifices ; qu'il n'y a qu'eux qui
ſe mêlent de rendre des Oracles , & à qui cette fonction
pleine de tromperie, ſoit tom-
bée en partage ; & enfin à la

tefte de cette troupe de mauvais Demons, il met Hecate &
Serapis.

Jamblique , autre Platoni-
cien, en dit autant ; & comme
la plufpart de ces chofes - là
font vrayes, les Chreftiens re-
ceurent le tout avec joye, & y
ajoûterent mefme un peu du
leur, * par exemple, que les Demons déroboient dans les écrits
des Prophetes quelque connoiffance de l'avenir, & puis s'en
faifoient honneur dans leurs O-
racles.

Ce Siftême des Chreftiens a-
voit cela de commode, qu'il dé-
couvroit aux Payens, par leurs
propres principes, l'origine de
leur faux Culte, & la fource de

* Tertullien dans fon Apologetique.

l'Erreur où ils avoient toûjours
esté. Ils estoient persuadez qu'il
y avoit quelque chose de surnaturel dans leurs Oracles, & les
Chrestiens qui avoient à disputer
contre eux, ne songeoient point
à leur oster cette pensée. Les
Demons dont on convenoit de
part & d'autre, servoient à expliquer tout ce surnaturel. On
reconnoissoit cette espece de miracle ordinaire qui s'estoit fait
dans la Religion des Payens;
mais on leur en faisoit perdre
tout l'avantage par les Auteurs
ausquels on l'attribuoit, & cette
voye estoit bien plus courte &
plus aisée que celle de contester
le miracle mesme par une longue suite de recherches & de raisonnemens.

C iij

Voilà comment s'établit dans
les premiers Siecles de l'Eglise,
l'opinion qu'on y prit sur les
Oracles des Payens. Je pourrois
aux trois raisons que j'ay appor-
tées en ajoûter une quatriéme,
aussi-bonne peut-estre que toutes les autres, c'est que dans le
Siftême des Oracles rendus par
les Demons, il y a du merveilleux, & si l'on a un peu étudié
l'esprit humain, on sçait quelle
force le Merveilleux à sur luy.
Mais je ne prétens pas m'étendre sur cette refléxion ; ceux
qui y entreront, m'en croiront
bien, sans que je me mette en
peine de la prouver, & ceux
qui n'y entreront pas, ne m'en
croiront pas peut - estre aprés
toutes mes preuves.

Examinons prefentement l'u-
ne aprés l'autre les raifons qu'on
a eüës de croire les Oracles furnaturels.

CHAPITRE IV.

Que les Hiftoires furprenantes qu'on
debite fur les Oracles, doivent
eftre fort fufpectes.

IL feroit difficile de rendre raifon des Hiftoires & des Oracles que nous avons rapportez,
fans avoir recours aux Demons,
mais auffi tout cela eft-il bien
vray ? Affurons-nous bien du
fait, avant que de nous inquie-
ter de la caufe. Il eft vray que
cette methode eft bien lente

pour la plufpart des Gens, qui
courent naturellement à la caufe,
& paffent par deffus la verité du
fait ; mais enfin nous éviterons le
ridicule d'avoir trouvé la caufe
de ce qui n'eft point.

Ce malheur arriva fi plaifam-
ment fur la fin du Siecle paffé à
quelques Sçavans d'Allemagne,
que je ne puis m'empêcher d'en
parler icy.

En 1593. le bruit courut que
les dents eftant tombez à un
enfant de Silefie, âgé de fept
ans, il luy en eftoit venu une
d'or, à la place d'une de fes
groffes dents. Horftius, Pro-
feffeur en Medecine dans l'U-
niverfité de Helmftad, écrivit
en 1595. l'Hiftoire de cette dent,
& pretendit qu'elle eftoit en

partie naturelle, en partie mi-
raculeuſe, & qu'elle avoit eſté
envoyé de Dieu à cet Enfant
pour conſoler les Chreſtiens
affligez par les Turcs. Figurez-
vous quelle conſolation, &
quel rapport de cette dent aux
Chreſtiens, ny aux Turcs. En
la même année, afin que cette
dent d'or ne manquaſt pas
d'Hiſtoriens, Rullandus en écrit
encore l'Hiſtoire. Deux ans a-
prés, Ingolſteterus, autre Sçavant, écrit contre le ſentiment
que Rullandus avoit de la dent
d'or, & Rullandus fait auſſi-
toſt une belle & docte Repli-
que. Un autre grand homme
nommé Libavius ramaſſe tout
ce qui avoit eſté dit de la dent
& y ajoûte ſon ſentiment parti-

culier. Il ne manquoit autre
chofe à tant de beaux Ouvra
ges, finon qu'il fuft vray que
la dent eftoit d'or. Quand un
Orfévre l'eut examiné, il fe
trouva que c'étoit une feüille
d'or appliquée à la dent avec
beaucoup d'adreffe ; mais on
commença par faire des Livres,
& puis on confulta l'Orfévre.

Rien n'eft plus naturel que
d'en faire autant fur toutes fortes de matieres. Je ne fuis pas fi
convaincu de noftre ignorance
par les chofes qui font, & dont
la raifon nous eft inconnuë, que
par celles qui ne font point, &
dont nous trouvons la raifon.
Cela veut dire que non - feulement nous n'avons pas les Principes qui menent au vray, mais

que nous en avons d'autres qui
s'accommodent tres - bien avec
le faux.

De grands Phisiciens ont fort
bien trouvé pourquoy les lieux
souterrains sont chauds en hyver, & froids en esté ; de plus
grands Phisiciens ont touvé depuis peu que cela n'étoit pas.

Les discussions historiques
sont encore plus susceptibles de
cette sorte d'erreur. On raisonne
sur ce qu'ont dit les Historiens,
mais ces Historiens n'ont - ils
esté ny passionnez , ny credules, ny mal instruits, ny negli-
gens ? Il en faudroit trouver un
qui eust esté spectateur de toutes choses, indifferent , & ap-
pliqué.

Sur tout quand on écrit des

faits qui ont liaison avec la Religion, il est assez difficile que selon le Party dont on est, on ne donne à une fausse Religion des avantages qui ne luy sont point deus, ou qu'on ne donne à la vraye, de faux avantages dont elle n'a pas besoin. Cependant on devroit estre persuadé qu'on ne peut jamais ajoûter de la verité à celle qui est vraye, ny en donner à celles qui sont fausses.

Quelques Chrestiens des premiers Siecles, faute d'estre instruits ou convaincus de cette maxime, se sont laissez aller à faire en faveur du Chriistianisme, des suppositions assez hardies, que la plus saine partie des Chrestiens ont ensuite desa-

voüées. Ce zele inconfideré a
produit une infinité de Livres apocriphes , aufquels on
donnoit des noms d'Auteurs
Payens ou Juifs ; car comme
l'Eglife avoit affaire à ces deux
fortes d'ennemis , qu'y avoit - il
de plus commode que de les
battre avec leurs propres armes,
en leur prefentant des Livres ,
qui quoy que faits , à ce qu'on
prétendoit , par des Gens de
leur Party, fuffent neanmoins
tres-avantageux au Chriftianifme ? Mais à force de vouloir
tirer de ces Ouvrages fuppofez
un grand effet pour la Religion , on les a empefchez d'en
faire aucun. La clarté dont ils
font , les trahit , & nos myfteres y font fi nettement dévelo-

pez, que les Prophetes de l'Ancien & du Nouveau Teftamer
n'y auroient rien entendu au
prés de ces Auteurs Juifs &
Payens. De quelque cofté qu'or
fe puiffe tourner pour fauver
ces Livres, on trouvera toûjour
dans ce trop de clarté, une difficulté infurmontable. Si quelques Chreftiens fuppofoient bien
des Livres aux Payens ou aux
Juifs, les Heretiques ne faifoient
pas de façon d'en fuppofer aux
Orthodoxes. Ce n'étoient que
faux Evangiles, fauffes Epîtres
d'Apoftres, fauffes Hiftoires de
leurs Vies, & ce ne peut eftre
que par un effet de la Provi-
dence Divine que la verité s'eft
démêlée de tant d'Ouvrages
apocriphes qui l'étoufoient.

Quelques grands hommes de l'Eglise, ont esté quelquefois trompez, soit aux suppositions des Heretiques contre les Orthodoxes, soit à celles des Chrétiens contre les Payens ou les Juifs, mais plus souvent à ces dernières. Ils n'ont pas toûjours examiné d'assez prés ce qui leur sembloit favorable à la Religion; l'ardeur avec laquelle ils combatoient pour une si bonne cause, ne leur laissoit pas toûjours la liberté de choisir assez bien leurs armes. C'est ainsi qu'il leur arrive quelquefois de se servir des Livres des Sibiles, ou de ceux d'Hermés Trismegiste, Roy d'Egypte.

On ne prétend point par là affoiblir l'autorité, ny attaquer

le merite de ces grands hommes
Aprés qu'on aura remarqué toutes les méprifes où ils peuven-
eftre tombez fur un certain nombre de faits, il leur reftera une
infinité de raifonnemens folides
& de belles découvertes, fur-
quoy on ne les peut affez admi-
rer. Si avec les vrais titres de
noftre Religion ils nous en ont
laiffé d'autres qui peuvent eftre
fufpects ; c'eft à nous à ne recevoir d'eux que ce qui eft legitime,
& à pardonner à leur zele de
nous avoir fourni plus de titres
qu'il ne nous en faut.

Il n'eft pas furprenant que ce
mefme zele les ait perfuadez de
la verité de je ne fçay combien
d'Oracles avantageux à la Religion , qui coururent dans les
premiers

premiers Siecles de l'Eglise. Les
Auteurs des Livres des Sibiles,
& de ceux d'Hermés ont bien
pû l'estre aussi de ces Oracles.
Du moins il estoit plus aisé d'en
supposer que des Livres entiers.
L'Histoire de Thamus est Payenne d'origine, mais Eusebe &
d'autres grands hommes luy
ont fait l'honneur de la croire.
Cependant elle est immediatement suivie dans Plutarque d'un
autre conte si ridicule, qu'il suf-
firoit pour la décrediter entierement. Demetrius dit dans cet
endroit que la plûpart des Isles
qui sont vers l'Angleterre, sont
desertes, & consacrées à des
Demons & à des Heros ; qu'-
ayant esté envoyé par l'Empereur pour les reconnoistre, il

D

aborda à une de celles qui
eſtoient habitées ; que peu de
temps aprés qu'il y fut arrivé, il y
eut une tempeſte & des tonnerres
effroyables, qui firent dire aux
gens du Païs qu'aſſurement quelqu'un des principaux Demons
venoit de mourir, parce que leur
mort eſtoit toûjours accompa-
gnée de quelque choſe de fu-
neſte. A cela Demetrius ajoûte
que l'une de ces Iſles eſt la priſon
de Saturne qui y eſt gardé par
Briarée , & enſevely dans un
ſommeil perpetuel, ce qui rend,
ce me ſemble, le Geant aſſez
inutile pour ſa garde, & qu'il eſt
environné d'une infinité de Demons qui ſont à ſes pieds comme
ſes eſclaves.

Ce Demetrius ne faiſoit-il pas

des Relations bien curieuses de ses Voyages ? Et n'est-il pas beau de voir un Philosophe comme Plutarque, nous conter froidement ces merveilles ? Ce n'est pas sans raison qu'on a nommé Herodote le Pere de l'Histoire. Toutes les Histoires Grecques qui, à ce compte-là, sont ses Filles, tiennent beaucoup de son génie, elles ont peu de verité, mais beaucoup de merveilleux, & de choses amusantes. Quoy qu'il en soit, l'Histoire de Thamus seroit presque suffisamment refutée quand elle n'auroit point d'autre defaut, que celuy de se trouver dans un mesme traité avec les Demons de Demetrius.

Mais de plus, elle ne peut re-

cevoir un sens raisonnable. Si
ce grand Pan estoit un Demon,
les Demons ne pouvoient-ils se
faire sçavoir sa mort les uns aux
autres, sans y employer Thamus? N'ont-ils point d'autres
voyes pour s'envoyer des nouvelles? & d'ailleurs sont-ils si
imprudens que de reveler aux
hommes leurs malheurs, & la
foiblesse de leur nature? Dieu
les y forçoit, direz-vous. Dieu
avoit donc un dessein , mais
voyons ce qui s'en ensuivit. Il
n'y eut personne qui se desabu-
sast du Paganisme pour avoir
appris la mort du grand Pan. Il
fut arresté que c'étoit le Fils de
Mercure & de Penelope , & non
pas celuy que l'on recomnoissoit
en Arcadie pour le Dieu de *Tout*,

ainſi que ſon nom le porte. Quoy
que la Voix euſt nommé le grand
Pan, cela s'entendit pourtant du
petit Pan, ſa mort ne tira guere à
conſequence, & il ne paroiſt pas
qu'on y ait eu grand regret.

Si ce grand Pan eſtoit Jeſus-
Chriſt, les Demons n'anonce-
rent aux hommes une mort ſi ſa-
lutaire, que parce que Dieu les
y contraignoit. Mais qu'en arri-
va-t-il ? Quelqu'un entendit-il ce
mot de Pan dans ſon vray ſens ?
Plutarque vivoit dans le ſecond
Siecle de l'Egliſe, & cependant
perſonne ne s'eſtoit encore aviſé
que Pan fuſt Jeſus-Chriſt mort
en Judée.

L'Hiſtoire de Thulis eſt rap-
portée par Suidas Auteur qui
ramaſſe beaucoup de choſes,

mais qui ne les choisit guere.
Son Oracle de Serapis peche de
la même maniere que les Livres
des Sibiles par le trop de clarté
sur nos mysteres. Mais de plus,
ce Thulis Roy d'Egypte, n'étoit
pas asseurément un des Ptolo-
mées, & que deviendra tout l'O-
racle, s'il faut que Serapis soit un
Dieu qui n'ait esté amené en
Egypte que par un Ptolomée
qui le fit venir de Pont, comme
beaucoup de Sçavans le préten-
dent sur des apparences tres-
fortes ? Du moins il est certain
qu'Herodote, qui aime tant à
discourir sur l'ancienne Egypte,
ne parle point de Serapis, & que
Tacite conte tout au long comment, & pourquoy un des Pto-
lomées fit venir de Pont le Dieu

Serapis, qui n'étoit alors connu
que là.

L'Oracle rendu à Auguste sur
l'Enfant Hebreu n'est point du
tout recevable. Cedrenus le cite
d'Eusebe ; & aujourd'huy il ne
s'y trouve point. Il ne seroit pas
impossible que Cedrenus citast
à faux ou citast quelque Ouvrage faussement attribué à Eusebe.
Il est bien homme à vous rapporter sur la foy de certains faux
Actes de Saint Pierre qui couroient encore de son temps, que
Simon le Magicien avoit à sa
porte un gros Dogue qui devo-
roit ceux que son Maistre ne vouloit pas laisser entrer ; que saint
Pierre voulant parler à Simon
ordonna à ce Chien de luy aller
dire en langage humain, que

Pierre serviteur de Dieu le demandoit; que le Chien s'acquit-
ta de cet ordre au grand étonnement de ceux qui estoient a-
lors avec Simon; mais que Simon
pour leur faire voir qu'il n'en
sçavoit pas moins que S. Pierre,
ordonna au Chien à son tour
d'aller luy dire qu'il entrast, ce
qui fut éxecuté aussi-tost. Voilà
ce qui s'appelle chez les Grecs
écrire l'Histoire. Cedrenus vivoit dans un siecle ignorant, où
la licence d'écrire impunément
des Fables, se joignoit encore à
l'inclination generale qui y porte
les Grecs.

Mais quand Eusebe dans quelque Ouvrage qui ne seroit pas
venu jusqu'à nous, auroit effectivement parlé de l'Oracle
d'Auguste,

d'Augufte, Eufebe luy - mefme
fe trompoit quelquefois, & on
en a des preuves conftantes. Les
premiers défenfeurs du Chriftianifme, Juftin, Tertullien,
Theophile, Tacien auroient-ils
gardé le filence fur un Oracle
fi favorable à la Religion ? Ef-
toient-ils affez peu zelez pour
négliger cet avantage ? Mais
ceux * mefme qui nous donnent
cet Oracle le gâtent, en y a-
joûtant qu'Augufte de retour à
Rome fit élever dans le Capitole un Autel avec cette Infcription, *c'eft icy l'Autel du Fils unique*, ou *Aifné de Dieu*. Où avoit-
il pris cette idée d'un Fils unique
de Dieu dont l'Oracle ne parle
point ?

* *Cedrenus, Suidas, Nicephore.*

E

Enfin, ce qu'il y a de plus remarquable, c'eſt qu'Auguſte depuis le Voyage qu'il fit en Grece, 19. ans avant la Naiſſance de Jeſus-Chriſt, n'y retourna jamais; & meſme lorſqu'il en revint, il n'étoit guere dans la diſpoſition d'élever des Autels à d'autres Dieux qu'à luy, car il ſouffrit non ſeulement * que les Villes d'Aſie luy en élevaſſent, & luy celebraſſent des Jeux ſacrez, mais meſme qu'à Rome on conſacraſt un Autel à la Fortune qui étoit de retour, *Fortunæ reduci*, c'eſt-à-dire à luy-meſme, & que l'on miſt le jour d'un retour ſi heureux entre les jours de Feſte.

Les Oracles qu'Euſebe rap-

* *Tacite, Dion, Caſſius.*

porte de Porphire paroiſſoient
plus embaraſſans que tous les
autres. Euſebe n'aura pas ſup-
poſé à Porphire des Oracles qu'il
ne croit point, & Porphire qui
eſtoit ſi attaché au Paganiſme
n'aura pas cité de faux Oracles
ſur la ceſſation des Oracles meſmes, & à l'avantage de la Religion Chreſtienne. Voicy, ce
ſemble, le cas où le témoignage
d'un ennemy a tant de force.

Mais auſſi, d'un autre coſté,
Porphire n'étoit pas aſſez mal-
habile homme pour fournir aux
Chreſtiens des armes contre le
Paganiſme, ſans y eſtre neceſſairement engagé par la ſuite de
quelque raiſonnement, & c'eſt
ce qui ne paroiſt point icy. Si
ces Oracles euſſent eſté alle-

E ij

guez par les Chreſtiens, & que
Porphire en convenant qu'ils
avoient eſté effectivement rendus; ſe fuſt défendu des conſé-
quences qu'on en vouloit tirer,
il eſt ſeur qu'ils ſeroient d'un
tres grand poids; mais c'eſt de
Porphire meſme que les Chrétiens, ſelon qu'il paroiſt par l'e-
xemple d'Euſebe, tiennent ces
Oracles, c'eſt Porphire qui prend
plaiſir à ruïner ſa Religion, & à
établir la noſtre. En verité cela
eſt ſuſpect de ſoy-meſme, & le
devient encore davantage par
l'excez où il pouſſe la choſe,
car on nous rapporte de luy
je ne ſçay combien d'autres
Oracles tres-clairs & tres-poſi-
tifs ſur la Perſonne de Jeſus-
Chriſt, ſur ſa Reſurrection, ſur

son Afcenfion; enfin, le plus en-
refté & le plus habile des Payens
nous accable de preuves du Chriftianifme. Défions-nous de cette
generofité.

Eufebe a crû que c'étoit un
affez - grand avantage de pouvoir mettre le nom de Porphire
à la tefte de tant d'Oracles fi favorables à la Religion. Il nous
les donne dépouillez de tout ce
qui les accompagnoit dans les
écrits de Porphire. Que fçavons-
nous s'il ne les refutoit pas? Selon l'intereft de fa caufe, il le
devoit faire, & s'il ne l'a pas fait,
affeurément il avoit quelque intention cachée.

On fupçonne que Porphire
eftoit affez méchant pour faire
de faux Oracles, & les prefen-

ter aux Chreſtiens, à deſſein de
ſe mocquer de leur credulité, s'ils
les recevoient pour vrais, & ap-
puyoient leur Religion ſur de
pareils fondemens. Il en euſt tiré
des conſequences pour des choſes bien plus importantes que ces
Oracles, & euſt attaqué tout le
Chriſtianiſme par cet exemple,
qui au fond n'euſt pourtant rien
conclu.

Il eſt toûjours certain que ce
meſme Porphire qui nous fournit tous ces Oracles, ſoûtenoit,
comme nous avons vû, que les
Oracles eſtoient rendus par des
Genies menteurs. Il ſe pourroit
donc bien faire qu'il euſt mis
en Oracles tous les Myſteres de
noſtre Religion, exprés pour tâ-
cher à les détruire, & pour les

rendre suspects de fausseté, parce qu'ils auroient esté attestez
par de faux - témoins. Je sçay
bien que les Chrestiens ne le
prenoient pas ainsi ; mais comment eussent - ils jamais prouvé
par raisonnement, que les Demons estoient quelquefois for-
cez à dire la verité ? Ainsi Porphire demeuroit toûjours en état
de se servir de ses Oracles contre
eux ; & selon le tour de cette
dispute, ils devoient nier que
ces Oracles eussent jamais esté
rendus, comme nous le nions
presentement. Cela, ce me semble, explique assez bien pourquoy Porphire estoit si prodi-
gue d'Oracles favorables à nôtre Religion, & quel train avoit
pû prendre le grand Procés d'en-

tre les Chreſtiens & les Payens, nous ne faiſons que le deviner, car toutes les pieces n'en ſont pas venuës juſqu'à nous. C'eſt ainſi qu'en examinant un peu les choſes de prés, on trouve que ces Oracles qui paroiſſent ſi merveilleux, n'ont jamais eſté. Je n'en rapporteray point d'autres exemples, tout le reſte eſt de la meſme nature.

CHAPITRE V.

Que l'opinion commune sur les Oracles, ne s'accorde pas si bien qu'on pense avec la Religion.

LE silence de l'Ecriture sur ces mauvais Demons que l'on prétend qui président aux Oracles ne nous laisse pas seulement en liberté de n'en rien croire, mais il nous y porte assez naturellement. Seroit-il possible que l'Ecriture n'eust point appris aux Juifs & aux Chrétiens une chose qu'ils ne pouvoient jamais deviner sûrement par leur raison naturelle, & qu'il leur importoit extrêmement de

sçavoir, pour n'estre pas ébranlez par ce qu'ils verroient arriver de surprenant dans les autres Religions ? Car je conçois
que Dieu n'a parlé aux hommes
que pour suppléer à la foiblesse
de leurs connoissances qui ne suf-
fisoient pas à leurs besoins, & que
tout ce qu'il ne leur a pas dit
est de telle nature qu'ils le peuvent apprendre d'eux - mesmes,
ou qu'il n'est pas necessaire qu'ils
le sçachent. Ainsi si les Oracles
eussent esté rendus par de mauvais Demons, Dieu nous l'eust
appris pour nous empescher de
croire qu'il les rendist luy-mesme, & qu'il y eust quelque chose de Divin dans des Religions
fausses.

David reproche aux Payens,

des Dieux qui ont une bouche
& n'ont point de parole ; & fou-
haite à leurs Adorateurs pour
toute punition, de devenir fem-
blables à ce qu'ils adorent ; mais
fi ces Dieux euffent eu non feulement l'ufage de la parole, mais
encore la connoiffance des chofes futures ; Je ne voy pas que
David euft pû faire ce reproche
aux Payens, ny qu'ils euffent dû
eftre fâchez de reffembler à
leurs Dieux.

Quand les Saints Peres s'em-
portent avec tant de raifon contre le culte des Idoles, ils fuppo-
fent toûjours qu'elles ne peuvent
rien, & fi elles euffent parlé,
fi elles euffent prédit l'avenir, il
ne falloit pas attaquer avec mépris leur impuiffance, il falloit

defabufer les Peuples du pou.
voir extraordinaire qui paroif-
foit en elles. En effet, auroit-on
eu tant de tort d'adorer ce qu'on
croyoit eftre animé d'une vertu divine , ou tout au moins,
d'une vertu plus qu'humaine?
Il eft vray que ces Demons eftoient ennemis de Dieu; mais
les Payens pouvoient-ils le deviner ? Si les Demons demandoient des cremonies barbares
& extravagantes, les Payens les
croyoient bizarres ou cruels;
mais ils ne laiffoient pas pour
cela de les croire plus puiffans
que les hommes, & ils ne fçavoient pas que le vray Dieu leur
offroit fa protection contre eux.
Ils ne fe foûmettoient le plus
fouvent à leurs Dieux que com-

me à des ennemis redoutables,
qu'il faloit appaiser à quelque
prix que ce fuft, & cette soû-
miffion & cette crainte n'eftoient pas fans fondement, fi
en effet les Demons donnoient
des preuves de leur pouvoir,
qui fuffent au deffus de la Nature. Enfin, le Paganifme, ce
culte fi abominable aux yeux
de Dieu, n'euft efté qu'une
erreur involontaire & excufa-
ble.

Mais, direz-vous, fi les faux
Preftres ont toûjours trompé les
Peuples, le Paganifme n'a efté
non plus qu'une fimple erreur
où tomboient les Peuples credules, qui au fond avoient deffein d'honorer un Eftre fupe-
rieur.

La diference est bien grande. C'est aux hommes à se précautionner contre les Erreurs où ils peuvent estre jettez par d'autres hommes ; mais ils n'ont nul moyen de se précautionner contre celles où ils seroient jettez par des Genies qui sont au dessus d'eux. Mes lumieres suffisent pour examiner si une Statuë parle, ou ne parle pas, mais du moment qu'elle parle, rien ne me peut plus desabuser de la Divinité que je luy attribuë. En un mot, Dieu n'est obligé par les loix de sa bonté, qu'à me garantir des surprises dont je ne puis me garantir moy-mesme; pour les autres, c'est à ma raison à faire son devoir.

Aussi voyons-nous que quand

Dieu a permis aux Demons de faire des prodiges, il les a en mesme temps confondus par des prodiges plus grands. Pharaon euft pû eftre trompé par fes Magiciens ; mais Moïfe eftoit là plus puiffant que les Magiciens de Pharaon. Jamais les Demons n'ont eu tant de pouvoir, ny n'ont fait tant de chofes furprenantes, que du temps de Jefus-Chrift & des Apoftres.

Cela n'empêche pas que le Paganifme n'ait toûjours efté appellé avec juftice le culte des Demons. Premierement l'idée qu'on y prend de la Divinité, ne convient nullement au vray Dieu, mais à ces Genies réprouvez & éternellement malheureux.

Secondement, l'intention des Payens n'étoit pas tant d'adorer le premier Eſtre, la ſource de tous les biens, que ces Eſtres malfaiſans dont ils craignoient la colere ou le caprice. Enfin : les Demons qui ont, ſans contredit, le pouvoir de tenter les hommes, & de leur tendre des pieges, fa. voriſoient autant qu'il eſtoit en eux, l'erreur groſſiere des Païens, & leur fermoient les yeux ſur des impoſtures viſibles. De là vient qu'on dit que le Paganiſme rouloit, non pas ſur les prodiges, mais ſur les preſtiges des De-mons, ce qui ſuppoſe qu'en tout ce qu'ils faiſoient, il n'y avoit rien de réel, ny de vray, ny de tel que de donner effectivement la parole à une Statuë.

Il

Il peut estre cependant que Dieu ait quelquefois permis aux Demons d'animer des Idoles. Si cela est arrivé, Dieu avoit alors ses raisons, & elles sont toûjours dignes d'un profond respect. Mais à parler en general, la chose n'a point esté ainsi. Dieu permit au Diable de brûler les maisons de Job, de desoler ses pasturages, de faire mourir tous ses troupeaux, de fraper son corps de mille playes, mais ce n'est pas à dire que le Diable soit lâché sur tous ceux à qui les mesmes malheurs arrivent. On ne songe point au Diable quand il est question d'un homme malade ou ruiné. Le cas de Job est un cas particulier, on raisonne independamment de

E

cela, & nos raiſonnemens generaux n'excluent jamais les ex-
ceptions que la toute-puiſſance
de Dieu peut faire à tout.

Il paroiſt donc que l'opinion
commune ſur les Oracles ne
s'accorde pas bien avec la bonté de Dieu, & qu'elle décharge
le Paganiſme d'une bonne partie de l'extravagance, & meſme
de l'abomination que les Saints
Peres y ont toûjours trouvée.
Les Payens devoient dire pour
ſe juſtifier, que ce n'étoit pas
merveille qu'ils euſſent obéy à
des Genies qui animoient des
Statuës, & faiſoient tous les
jours cent choſes extraordinai-
res, & les Chreſtiens pour leur
ôter toutes excuſes, ne devoient
jamais leur accorder ce Point,

Si toute la Religion Payenne n'avoit esté qu'une imposture des Prestres, le Christianisme profitoit de l'excés du ridicule où elle tomboit.

Aussi y a-t-il bien de l'apparence que les disputes des Chrétiens & des Payens estoient en cet estat, lors que Porphire avoüoit si volontiers que les Oracles estoient rendus par de mauvais Demons. Ces mauvais Demons luy estoient d'un double usage. Il s'en servoit, comme nous avons vû, à rendre inutiles, & mesme desavantageux à la Religion Chrestienne, les Oracles dont les Chrestiens prétendoient se parer; mais de plus, il rejettoit sur ces Genies cruels & artificieux, toute la folie &

toute la barbarie d'une infinité de Sacrifices que l'on reprochoit fans cesse aux Payens.

C'est donc attaquer Porphire jusques dans ses derniers retranchemens, & c'est prendre les vrais interests du Christianisme, que de soûtenir que les Demons n'ont point esté les auteurs des Oracles.

CHAPITRE VI.

Que les Demons ne sont pas suffisamment etablis par le Paganisme.

DAns les premiers temps, la Poësie & la Philosophie estoient la mesme chose : &

toute sagesse estoit renfermée
dans les Poëmes. Ce n'est pas
que par cette alliance la Poësie
en valust mieux, mais la Philosophie en valoit beaucoup moins.
Homere & Hesiode ont esté les
premiers Philosophes Grecs, &
de là vient que les autres Philosophes ont toûjours pris fort
serieusement ce qu'ils avoient
dit, & ne les ont citez qu'avec
honneur.

Homere confond le plus souvent les Dieux & les Demons,
mais Hesiode distingue quatre
especes de natures raisonnables,
les Dieux, les Demons, les De-
mi-Dieux ou Heros, & les Hommes. Il va plus loin, il marque
la durée de la vie des Demons ;
car ce sont des Demons, que

les Nimphes dont il parle dans
l'endroit que nous allons citer, &
Plutarque l'entend ainſi.

Une Corneille, dit Heſiode,
*vit neuf fois autant qu'un homme,
un Cerf quatre fois autant qu'une
Corneille; un Corbeau trois fois autant qu'un Cerf; le Phenix neuf fois
autant qu'un Corbeau , & les Nimphes enfin dix fois autant que le
Phenix.*

On ne prendroit volontiers
tout ce calcul que pour une pure
réverie poëtique, indigne qu'un
Philoſophe y faſſe aucune reflexion, & indigne meſme qu'un
Poëte l'imite, car l'agrément luy
manque autant que la verité:
mais Plutarque n'eſt pas de cet
avis. Comme il voit qu'en ſuppo-
ſant la vie de l'homme de 70 ans,

ce qui en est la durée ordinaire,
les Demons devroient vivre
680400. ans, & qu'il ne conçoit
pas bien qu'on ait pû faire l'experience d'une si longue vie dans
les Demons; il aime mieux croire qu'Hesiode par le mot d'âge
d'homme, n'a entendu qu'une
année. L'interpretation n'est pas
trop naturelle; mais sur ce pied-
là on ne compte pour la vie des
Demons que 9720. ans, & alors
Plutarque n'a plus de peine à
concevoir comment on a pû ex-
perimenter que les Demons vivoient ce temps-là. De plus, il
remarque dans le nombre de
9720. de certaines perfections
Pithagoriciennes, qui le rendent
tout-à-fait digne de marquer la
durée de la vie des Demons.

Voilà les raisonnemens de cette Antiquité si vantée.

Des Poëmes d'Homere & d'Hesiode les Demons ont passé dans la Philosophie de Platon. Il ne peut estre trop loüé de ce qu'il est celuy d'entre les Grecs qui a conceu la plus haute idée de Dieu ; mais cela mesme l'a jetté dans de faux raisonnemens. Parce que Dieu est infiniment élevé au dessus des hommes, il a cru qu'il devoit y avoir entre luy & nous des espaces moyennes qui fissent la communication de deux extremitez si éloignées, & par le moyen desquelles l'action de Dieu passast jusqu'à nous. Dieu, disoit-il, ressemble à un triangle qui a ses trois costez égaux, les Demons

à

à un triangle qui n'en a que deux égaux, & les hommes à un triangle qui les a inégaux tous trois. L'idée est assez belle, il ne luy manque que d'estre mieux fondée.

Mais quoy? ne se trouve-t-il pas après tout, que Platon a raisonné juste, & ne sçavons nous pas certainement par l'Ecriture Sainte qu'il y a des Genies Ministres des volontez de Dieu, & ses Messagers auprés des hommes? N'est-il pas admirable que Platon ait découvert cette verité par ses seules lumieres naturelles?

J'avouë que Platon a deviné une chose qui est vraye, & cependant je luy reproche de l'avoir deviné. La revelation nous

G

assure de l'Existence des Anges
& des Demons, mais il n'est
point permis à la raison humaine de nous en assurer. On est em-
barassé de cet espece infiny qui
est entre Dieu & les hommes,
& on le remplit de Genies & de
Demons, mais dequoy rempli-
ra-t-on l'espace infini qui sera
entre Dieu & ces Genies, ou ces
Demons mesmes ? Car de Dieu
à quelque creature que ce soit
la distance est infinie. Comme
il faut que l'action de Dieu tra-
verse, pour ainsi dire, ce vuide
infiny pour aller jusqu'aux Demons, elle pourra bien aller
aussi jusqu'aux hommes, puis
qu'ils ne sont plus éloignez que
de quelques degrez, qui n'ont
nulle proportion avec ce pre-

mier éloignement. Lors que
Dieu traite avec les hommes par
le moyen des Anges, ce n'est
pas à dire que les Anges soient
necessaires pour cette communication, ainsi que Platon le pre-
tendoit, Dieu les y employe pour
des raisons que la Philosophie ne
penetrera jamais, & qui ne peuvent estre parfaitement connuës
que de luy seul.

Selon l'idée que donne la com-
paraison des Triangles, on voit
que Platon avoit imaginé les
Demons, afin que de Creature
plus parfaite, en Creature plus
parfaite, on montast enfin jusqu'a
Dieu; de sorte que Dieu n'auroit que quelques degrez de
perfection par dessus la premiere
es Creatures. Mais il est visible

que comme elles font toutes infiniment imparfaites à fon égard,
parce qu'elles font toutes infiniment éloignées de luy, les differences de perfection qui font
entre-elles , difparoiffent dés
qu'on les compare avec Dieu;
ce qui les éleve les unes au deffus
des autres, ne les approche pourtant pas de luy.

Ainfi à ne confulter que la raifon humaine, on n'a pas befoin
de Demons, ny pour faire paffer l'action de Dieu jufqu'aux
hommes, ny pour mettre entre
Dieu & nous quelque chofe qui
approche de luy, plus que nous
ne pouvons en approcher.

Peut-.eftre Platón luy-mefme n'étoit-il pas auffi feur de
l'Exiftence de fes Demons que

les Platoniciens l'ont esté depuis. Ce qui me le fait soupçon-
ner, c'est qu'il met l'Amour au
nombre des Demons , car il
mesle souvent la galanterie avec
la Philosophie , & ce n'est pas
la galanterie qui luy réüssit le
plus mal. Il dit que l'Amour
est Fils du Dieu des Richesses,
& de la Pauvreté, qu'il tient de
son Pere la grandeur de courage,
l'élevation des pensées, l'inclination à donner , la prodigalité,
la confiance en ses propres forces, l'opinion de son merite,
l'envie d'avoir toûjours la pré-
ference, mais qu'il tient de sa
Mere cette indigence qui fait
qu'il demande toûjours , cette
importunité avec laquelle il demande, cette timidité qui l'em-

pefche quelquefois d'ofer demander, cette difpofition qu'il
a à la fervitude, & cette crainte
d'eftre méprifé qu'il ne peut jamais perdre. Voilà, à mon fens,
une des plus jolies Fables qui fe
foient jamais faites. Il eft plaifant
que Platon en fift quelquefois
d'auffi galantes & d'auffi agréables qu'auroit pû faire Anacréon
luy-mefme, & quelquefois auffi
ne raifonnaft pas plus folide-
ment qu'auroit fait Anacréon.
Cette origine de l'amour explique parfaitement bien toutes les
bizarreries de fa nature, mais
auffi on ne fçait plus ce que c'eft
que les Demons, du moment
que l'Amour en eft un. Il n'y a
pas d'apparence que Platon ait
entendu cela dans un fens natu-

rel & philofophique, ny qu'il ait
voulu dire que l'Amour fuft un
Eftre hors de nous, qui habitaft
les Airs. Affurément il l'a entendu dans un fens galant, & alors
il me femble qu'il nous permet
de croire que tous fes Demons
font de la mefme efpece que l'A-
mour, & puifqu'il mefle de gaye-
té de cœur des Fables dans fon
Siftême, il ne fe foucie pas beaucoup que le refte de fon Siftême
paffe pour fabuleux. Jufqu'icy
nous n'avons fait que répondre
aux raifons qui ont fait croire
que les Oracles avoient quelque
chofe de furnaturel, commen-
çons prefentement à attaquer
cette opinion.

CHAPITRE VII.

Que de grandes Sectes de Philoso-
phes Payens n'ont point crû qu'il
y eust rien de surnaturel dans les
Oracles.

SI au milieu de la Grece même où tout retentissoit d'O-
racles, nous avions soûtenu que
ce n'étoient que des imposту-
res, nous n'aurions étonné personne par la hardiesse de ce Paradoxe, & nous n'aurions point
eu besoin de prendre des mesures
pour le debiter secrettement.
La Philosophie s'étoit partagée
sur le fait des Oracles, les Platoniciens & les Stoïciens te-

noient leur party; mais les Ci-
niques, les Peripateticiens, &
les Epicuriens s'en mocquoient
hautement. Ce qu'il y avoit de
miraculeux dans les Oracles ne
l'étoit pas tant que la moitié des
Sçavans de la Grece ne fussent
encore en liberté de n'en rien
croire, & cela malgré le préjugé
commun à tous les Grecs; ce qui
merite d'estre conté pour quelque chose.

Eusebe * nous dit que six cens
personnes d'entre les Payens
avoient écrit contre les Oracles,
mais je croy qu'un certain Oenomaüs, dont il nous parle, &
dont il nous a conservé quelques Fragmens, est un de ceux

* L. 4. de la Prép. Evang.

dont les Ouvrages meritent le plus d'eftre regretez.

Il y a plaifir à voir dans ces Fragmens qui nous reftent, cet Oenomaüs plein de la liberté Cinique, argumenter fur chaque Oracle contre le Dieu qui l'a rendu, & le prendre luy-mefme à partie. Voicy, par exemple, comment il traite le Dieu de Delphes, fur ce qu'il avoit répondu à Créfus.

Créfus en paffant le Fleuve Halis renverfa un grand Empire.

En effet, Créfus en paffant le Fleuve Halis attaqua Cirus, qui comme tout le monde fçait, vint fondre fur luy & le dépoüilla de tous fes Eftats.

Tu t'eftois vanté dans un au're Oracle rendu à Créfus, dit Oeno-

matis à Apollon, que *tu sçavois
le nombre des grains de sable*, tu
t'estois bien fait valoir sur ce que tu
voyois de Delphes cette Tortue que
Crésus faisoit cuire en Lidie, dans le
mesme moment. Voila de belles connoissances pour en estre si fier. Quand
on te vient consulter sur le succés
qu'aura la Guerre de Crésus & de
Cirus, tu demeures court. Car si tu lis
dans l'avenir ce qui en arrivera,
pourquoi te sers tu de façons de parler qu'on ne peut entendre? Ne sçais-
tu point qu'on ne les entendra pas? Si
tu le sçais, tu te plais donc à te jouer
de nous; si tu ne le sçais point, ap-
prens de nous qu'il faut parler plus
clairement, & qu'on ne t'entend
point. Je te diray mesme que si tu as
voulu te servir d'équivoques, le mot
Grec par lequel tu exprimes que Cré-

fus renverſera un grand Empire,
n'eſt pas bien choiſi, & qu'il ne peut
ſignifier que la victoire de Créſus
ſur Cirus. S'il faut neceſſairèment
que les choſes arrivent, pourquoy
nous amuſer avec tes ambiguitez?
Que fais-tu à Delphes, malheureux,
occupé comme tu es, à nous chanter
des Propheties inutiles ? Pourquoy
tous ces Sacrifices que nous te fai-
ſons ? Quelle fureur nous poſſede?

Mais Oenomaüs eſt encore
de plus mauvaiſe humeur, ſur
cet Oracle que rendit Apollon
aux Atheniens, lors que Xerxés
fondit ſur la Grece avec toutes
les forces de l'Aſie. La Pithie
leur donna pour réponſe, que
Minerve, protectrice d'Athenes,
tâchoit en vain par toutes fortes de moyens d'appaiſer la co-

lere de Jupiter ; que cependant
Jupiter en faveur de fa Fille,
vouloit bien fouffrir que les
Atheniens fe fauvaffent dans
des murailles de bois, & que
Salamine verroit la perte de
beaucoup d'Enfans chers à leurs
Meres, foit quand Cerés feroit
difperfée, foit quand elle feroit
ramaffée.

Sur cela Oenomaüs perd entierement le refpect pour le Dieu
de Delphes. *Ce combat du Pere
& de la Fille*, dit-il, *fied bien à des
Dieux, il eft beau qu'il y ait dans
le Ciel des inclinations & des interefts fi contraires. Jupiter eft cour-
roucé contre Athenes, il a fait venir contre elle toutes les forces de
l'Afie; mais s'il n'a pas pû la ruiner
autrement, s'il n'avoit plus de fou-*

dres , s'il a esté réduit à emprunter
des forces étrangeres, comment a t-il
eu le pouvoir de faire venir contre
cette Ville toutes les forces de l'Asie?
Aprés cela cependant il permet qu'on
se sauve dans des murailles de bois;
sur qui donc tombera sa colere ? Sur
des pierres? Beau Devin , tu ne sçais
point à qui feront ces Enfans dont
Salamine verra la perte, s'ils feront
Grecs ou Perses ; il faut bien qu'ils
foient de l'une ou de l'autre Armée,
mais ne sçais tu point du moins
qu'on verra que tu ne le sçais point?
Tu caches le temps de la Bataille fous
ces belles expressions poëtiques , soit
quand Cerés sera dispersée , soit
quand elle sera ramaßée ; tu veux
nous éblouïr par ce langage pompeux,
mais ne sçait-on pas bien qu'il faut
qu'une Bataille navale se donne au

temps des Semailles, ou de la Moif-
fon ? Apparemment ce ne fera pas en
hyver. Quoy qu'il arrive, tu te tire-
ras d'affaire par le moyen de ce Jupiter que Minerve tâche d'appaifer.
Si les Grecs perdent la Bataille, Jupiter a efté inexorable ; s'ils la ga-
rnent, Jupiter s'eft enfin laiffé flé-
chir. Tu dis, Apollon, qu'on fuye
dans des murs de bois, tu confeilles,
tu ne devines pas. Moy qui ne fçay
point deviner, j'en euffe bien dit autant, j'euffe bien jugé que l'effort de
de la Guerre feroit tombé fur Athenes, & que puis que les Atheniens
avoient des Vaiffeaux, le meilleur
pour eux eftoit d'abandonner leur
ville, & de fe mettre tous fur la Mer.

Telle eftoit la veneration que
le grandes Sectes de Philofophes avoient pour les Oracles,

& pour les Dieux mefmes qu'on
en croyoit auteurs. Il eft affez
plaifant que toute la Religion
Payenne ne fuft qu'un Problê-
me de Philofophie. Les Dieux
prennent-ils foin des affaires des
hommes ? N'en prennent-ils pas
foin ? Cela eft effentiel, il s'agit
de fçavoir fi on les adorera, ou
fi on les laiffera là fans aucun
culte; tous les Peuples ont déja
pris le party d'ádorer, on ne
voit de tous coftez que Temples, que Sacrifices; cependant
une grande Secte de Philofophes foûtient publiquement que
ces Sacrifices, ces Temples, ces
Adorations font autant de chofes inutiles, & que les Cieux,
loin de s'y plaire, n'en ont aucune connoiffance. Il n'y a point
de

de Grec qui n'aille confulter les Oracles fur fes affaires, mais cela n'empefche pas que dans trois grandes Ecoles de philofophie, on ne traite hautement les Oracles d'impoftures.

Qu'il me foit permis de pouffer un peu plus loin cette reflexion, elle pourra fervir à faire entendre ce que c'étoit que la Religion chez les Payens. Les Grecs en general avoient extrême-ment de l'efprit, mais ils étoient forts legers, curieux, inquiets, incapables de fe moderer fur rien; & pour dire tout ce que j'en penfe, ils avoient tant d'efprit, que leur raifon en fouffroit un peu. Les Romains eftoient d'un autre caractere; Gens folides, ferieux, appliquez, qui

H

sçavoient suivre un principe, &
prévoir de loin une consequen-
ce. Je ne serois pas surpris que
les Grecs, sans songer aux sui-
tes, eussent traité étourdiment
le pour & le contre de toutes
choses, qu'ils eussent fait des
Sacrifices; en disputant si les
Sacrifices pouvoient toucher les
Dieux, & qu'ils eussent consulté les Oracles, sans estre assu-
rez que les Oracles ne fussent
pas de pures illusions. Apparemment les Philosophes s'interes-
soient assez peu au gouvernement pour ne se pas soucier de
choquer la Religion dans leurs
disputes, & peut estre le Peuple
n'avoit pas assez de foy aux Philosophes pour abandonner la
Religion, ny pour y rien changer

fur leur parole ; & enfin la paffion dominante des Grecs eftoit
de difcourir fur toutes les matieres à quelque prix que ce
puft eftre. Mais il eft fans doute
plus étonnant que les Romains,
& les plus habiles d'entre les
Romains, & ceux qui fçavoient
le mieux combien la Religion
tiroit à confequence pour la
politique , ayent ofé publier
des Ouvrages, où non feulement ils mettoient leur Religion en queftion , mais mefme
la tournoient entierement en
ridicule. Je parle de Ciceron,
qui dans fes Livres de la Divination, n'a rien épargné de ce
qui eftoit le plus Saint à Rome.
Aprés qu'il a fait voir affez vive-
ment à ceux contre qui il dif-

pute, quelle extrême folie c'é-
toit que de confulter des entrailles d'Animaux, il les réduit
à répondre, que les Dieux qui
font tout-puiffans, changent ces
entrailles dans le moment du
Sacrifice, afin de marquer par
elles leur volonté, & l'avenir.
Cette réponfe eftoit de Chrifippe, d'Antipater, & de Poffi-
donius, tous grands Philofophes,
& Chefs du party des Stoïciens.
Ah! que dites-vous, reprend Ci-
ceron, *il n'y a point de Vieilles fi
credules que vous. Croyez-vous que
le mefme Veau ait le foye bien difpo-
fé, s'il eft choifi pour le Sacrifice par
une certaine perfonne, & mal difpo-
fe, s'il eft choifi par un autre? Cette
difpofition du foye peut-elle changer
en un inftant, pour s'accommoder à*

la fortune de ceux qui sacrifient ? Ne
voyez-vous pas que c'est le hazard
qui fait le choix des Victimes ; l'experience mesme ne vous l'apprend-
elle pas ? Car souvent les entrailles
d'une Victime sont tout-à-fait fune-
stes, & celle de la Victime qu'on im-
mole immediatement aprés, sont les
plus heureuses du monde. Que deviennent les menaces de ces premieres entrailles? ou comment les Dieux
se sont-ils appaisez si promptement ?
Mais vous dites qu'un jour il ne se
trouva point de cœur à un Bœuf que
Cesar sacrifioit, & que comme cet a-
nimal ne pouvoit pas pourtant vivre
sans en avoir un, il faut necessairement qu'il se soit retiré dans le moment du Sacrifice. Est-il possible que
vous ayez assez d'esprit pour voir
qu'un Bœuf n'a pû vivre sans cœur,

& que vous n'en ayez pas assez pour voir que ce cœur n'a pû en un moment s'envoler je ne sçay où ? Et un peu aprés il ajoûte : Croyez moy, vous ruinez toute la Physique pour défendre l'Art des Aruspices. Car ce ne sera pas le cours ordinaire de la Nature qui fera naître & mourir toutes choses, & il y aura quelques corps qui viendront de rien, & retourneront dans le neant. Quel Phisicien a jamais soûtenu cette opinion? Il faut pourtant que les Aruspices la soûtiennent.

Je ne donne ce passage de Ciceron que comme un exemple de l'extrême liberté avec laquelle il insultoit à la Religion qu'il suivoit luy-mesme ; en mille autres endroits, il ne fait pas plus de graces aux Poulets sacrez, au

vol des Oyſeaux, & à tous les
miracles, dont les Annales des
Pontifes eſtoient remplies.

Pourquoy ne luy faiſoit-on
pas ſon procés ſur ſon impieté ?
Pourquoy tout le Peuple ne le
regardoit-il pas avec horreur ?
Pourquoy tous les Colleges des
Preſtres ne s'élevoient-ils pas
contre luy ? Il y a lieu de croire
que chez les Payens la Religion
n'eſtoit qu'une pratique, dont
la ſpeculation eſtoit indifferen-
te. Faites comme les autres, &
croyez ce qu'il vous plaira. Ce
principe eſt fort extravagant,
mais le Peuple qui n'en recon-
noiſſoit pas l'impertinence, s'en
contentoit, & les gens d'eſprit
s'y ſoûmettoient aiſément, parce
qu'il ne les génoit guere.

Auffi voit-on que toute la Religion Payenne ne demandoit que des ceremonies, & nuls fentimens du cœur. Les Dieux font irritez, tous leurs foudres font prefts à tomber, comment les appaifera - t - on? Faut-il fe repentir des crimes qu'on a commis? Faut-il rentrer dans les voyes de la juftice naturelle qui devroit eftre entre tous les hommes? Point du tout. Il faut feulement prendre un Veau de telle couleur, né en tel temps, l'égorger avec un tel couteau, & cela defarmera tous les Dieux: Encore vous eft - il permis de vous moquer en vous-mefme du Sacrifice, fi vous voulez, il n'en ira pas plus mal.

Apparemment il en eftoit de
mefme

mefme des Oracles, y croyoit
qui vouloit, mais on ne laiſſoit
pas de les conſulter. La coûtume a ſur les hommes une force
qui n'a nullement beſoin d'eſtre
appuyée de la raiſon.

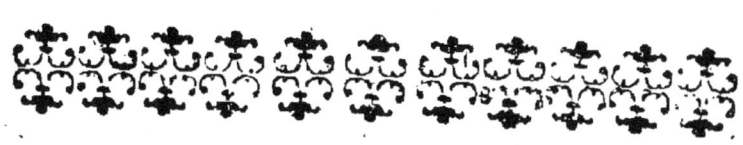

CHAPITRE VIII.

*Que d'autres que des Philoſophes
ont auſſi aſſez ſouvent fait peu
de cas des Oracles.*

LEs Hiſtoires ſont pleines
d'Oracles, ou mépriſez par
ceux qui les recevoient, ou mo-
difiez à leur fantaiſie. * Pactias
Lidien, & Sujet des Perſes, s'é-

* *Herodote l. 1.*

I

ſtant refugié à Cumes, Ville
Grecque, les Perſes ne man-
querent pas d'envoyer demander qu'on le leur livraſt. Les
Cuméens firent auſſi - toſt conſulter l'Oracle des Branchides,
pour ſçavoir comment ils en
devoient uſer. L'Oracle répondit qu'ils livraſſent Pactias.
Ariſtodicus, un des premiers de
Cumes, qui n'eſtoit pas de cet
avis, obtint par ſon credit qu'on
envoyaſt une ſeconde fois vers
l'Oracle, & meſme il ſe fit mettre du nombre des Députez.
L'Oracle ne luy fit que la réponſe qu'il avoit déja faite.
Ariſtodicus peu ſatisfait, s'aviſa
en ſe promenant autour du
Temple, d'en faire ſortir de
petits oiſeaux, qui y faiſoient

leurs nids. Auſſi-toſt il ſortit du Sanctuaire une voix qui lui crioit: *Deteſtable Mortel, qui te donne la hardieſſe de chaſſer d'icy ceux qui ſont ſous ma protection? Et quoy Grand Dieu*, répondit bien viſte Ariſtodicus, *vous nous ordonnez bien de chaſſer Pactias qui eſt ſous la noſtre? Oui, je vous l'ordonne*, reprit le Dieu, *afin que vous qui eſtes des impies, vous periſſiez plûtoſt, & que vous ne veniez plus importuner les Oracles ſur vos affaires.*

Il paroiſt bien que le Dieu ſtoit pouſſé à bout, puis qu'il voit recours aux injures, mais paroiſt bien auſſi qu'Ariſtodi-us ne croyoit pas trop que ce ſiſt un Dieu qui rendiſt ces Oracles, puis qu'il cherchoit à attraper par la comparaiſon

I ij

des oiſeaux ; & aprés qu'il l'eut attrapé en effet, apparemment il le crut moins Dieu que jamais. Les Cuméens eux-meſmes n'en devoient eſtre guere perſuadez, puis qu'ils croyoient qu'une ſeconde Députation pouvoit le faire dédire, ou que du moins il penſeroit mieux à ce qu'il devoit répondre. Je remarque icy en paſſant, que puis qu'Ariſtodicus tendoit un piege à ce Dieu, il faloit qu'il euſt prévû qu'on ne luy laiſſeroit pas chaſſer les oiſeaux d'un aſyle ſi Saint ſans en rien dire, & que par conſéquent les Preſtres eſtoient extrêmement jaloux de l'honneur de leurs Temples.

    * Ceux d'Egine ravageoient

___

* Herodote l. 5.

les coftes de l'Attique , & les
Atheniens fe préparoient à une
Expedition contre Egine , lors
qu'il leur vint de Delphes un
Oracle qui les menaçoit d'une
ruine entiere , s'ils faifoient la
Guerre aux Eginettes plûtoft
que dans trente ans ; mais ces
trente ans paffez , ils n'avoient
qu'à bâtir un Temple à Eaque,
& entreprendre la Guerre , &
alors tout leur devoit réüffir.
Les Atheniens qui brûloient
d'envie de fe vanger , coupe-
rent l'Oracle par la moitié ; ils
n'y défererent qu'en ce qui regardoit le Temple d'Eaque , &
ils le bâtirent fans retardement ;
mais pour les trente ans , ils s'en
moquerent, ils allerent auffi-toft
attaquer Egine ; & eurent tout

l'avantage. Ce n'est point un particulier qui a si peu d'égard pour les Oracles, c'est tout un Peuple, & un Peuple tres-superstitieux.

Il n'est pas trop aisé de dire comment les Peuples Payens regardoient leur Religion. Nous avons dit qu'ils se contentoient que les Philosophes se soûmissent aux Ceremonies, cela n'est pas tout-à-fait vray. Je ne sçache point que Socrate refusast d'offrir de l'encens aux Dieux, ny de faire son personnage comme les autres dans les Festes publiques; cependant le Peuple luy fit son procés sur les sentimens particuliers qu'on luy imputoit en matiere de Religion, & qu'il falloit presque deviner

en luy, parce qu'il ne s'en eſtoit
jamais expliqué ouvertement.
Le Peuple entroit donc en connoiſſance de ce qui ſe traitoit
dans les Ecoles de Philoſophie,
& comment ſouffroit - il qu'on
y ſoûtînt hautement tant d'o-
pinions contraires au culte é-
tably, & ſouvent à l'exiſtence
meſme des Dieux? Du moins il
ſçavoit parfaitement ce qui ſe
joüoit ſur les Theatres. Ces
Spectacles eſtoient faits pour
luy, & il eſt ſeur que jamais les
Dieux n'ont eſté traitez avec
moins de reſpect que dans les
Comedies d'Ariſtophane. Mercure dans le Plutus vient ſe
plaindre de ce qu'on a rendu la
veuë au Dieu des Richeſſes, qui
auparavant eſtoit aveugle, &
I iiij

de ce que Plutus commençant
à favoriſer également tout le
monde, les autres Dieux à qui
on ne fait plus de Sacrifices
pour avoir du bien, meurent
tous de faim. Il pouſſe la choſe
juſqu'à demander un Employ;
quel qu'il ſoit, dans une maiſon
bourgeoiſe, pour avoir du moins
dequoy manger. Les Oiſeaux
d'Ariſtophane ſont encore bien
libres. Toute la Piece roule ſur
ce qu'une certaine Ville des
Oiſeaux que l'on a deſſein de
bâtir dans les Airs, interrom-
proit le commerce qui eſt entre
les Dieux & les hommes, ren-
droit les Oiſeaux maiſtres de
tout, & réduiroit les Dieux à
la derniere miſere. Je vous laiſſe
à juger ſi tout cela eſt bien de

vot. Ce fut pourtant ce mefme Ariſtophane qui commença à exciter le Peuple contre
la pretenduë impieté de Socrate. Il y a là ce je ne ſçay quoy
d'inconcevable , qui ſe trouve
ſi ſouvent dans les affaires du
monde.

Il eſt toûjours conſtant par
ces exemples, & il le ſeroit encore par une infinité d'autres ,
s'il en eſtoit beſoin, que le Peuple eſtoit quelquefois d'humeur
à écouter des plaiſanteries fur
ſa Religion. Il en pratiquoit les
Ceremonies ſeulement pour ſe
delivrer des inquietudes qu'il
euſt pû avoir en ne les prati-
quant pas ; mais au fond, il ne
paroiſt pas qu'il y euſt trop de
foy. A l'égard des Oracles, il

en ufoit de mefme. Le plus fouvent il les confultoit pour n'a-
voir plus à les confulter; & s'ils
ne s'accommodoient pas à fes
deffeins, il ne fe genoit pas
beaucoup pour leur obeïr. Ainfi
ce n'eftoit peut-eftre pas une
chofe fi conftante, mefme parmy le Peuple, que les Oracles
fuffent rendus par des Divini-
tez.

Aprés cela, il feroit fort inutile de rapporter des Hiftoires
de grands Capitaines, qui ne fe
font pas fait une affaire de paffer par deffus des Oracles ou des
Aufpices. Ce qu'il y a de remarquable, c'eft que cela s'eft
pratiqué mefme dans les premiers Siecles de la Republique
Romaine, dans ces temps d'une

heureufe groffiereté , où l'on
eftoit fi fcrupuleufement attaché à la Religion, & où, comme dit Tite-Live, dans l'endroit
mefme que nous allons citer de
luy, on ne connoiffoit point
encore cette Philofophie qui apprend à méprifer les Dieux. * Papirius faifoit la guerre aux Sam-
nites, & dans les conjonctures où
l'on étoit, l'Armée Romaine fou-
haitoit, avec une extrême ardeur, que l'on en vînt à un Combat. Il falut auparavant confulter les Poulets facrez, & l'envie
de combattre eftoit fi generale,
que quoy que les Poulets ne
mangeaffent point quand on
les mit hors de la cage , ceux
qui avoient foin d'obferver

* *Ttie-Live liv.* 10.

l'Aufpice ne laifferent pas de rapporter au Conful qu'ils a- voient fort bien mangé. Sur ce- la le Conful promet en mefme temps à fes Soldats & la Bataille & la Victoire. Cependant il y eut conteftation entre les Gar- des des Poulets fur cet Aufpice qu'on avoit rapporté à faux. Le bruit en vint jufqu'à Papi- rius, qui dit qu'on luy avoit rapporté un Aufpice favorable, & qu'il s'en tenoit-là ; que fi on ne luy avoit pas dit la verité, c'étoit l'affaire de ceux qui pre- noient les Aufpices, & que tout le mal devoit tomber fur leur tefte. Auffi-toft il ordonna qu'on mift ces malheureux aux pre- miers rangs, & avant que l'on euft encore donné le fignal de

la Bataille, un trait partit, fans
que l'on fceuft de quel cofté, &
alla percer le Garde des Poulets qui avoit rapporté l'Aufpice à faux. Dés que le Conful
fceut cette nouvelle, il s'écria :
Les Dieux font icy prefens, le cri-
minel eft puny, ils ont déchargé
toute leur colere fur celuy qui la
meritoit, nous n'avons plus que des
fujets d'efperance. Auffi-toft il fit
donner le fignal, & il remporta
une victoire entiere fur les Sam-
nites.

Il y a bien de l'apparence
que les Dieux eurent moins de
part que Papirius à la mort de
ce pauvre Garde de Poulets, &
que le General en voulut tirer
un fujet de rafleurer les Soldats,
que le faux Aufpice pouvoit

avoir ébranlez. Les Romains ſçavoient déja de ces ſortes de tours dans le temps de leur plus grande ſimplicité.

Il faut donc avouer que nous aurions grand tort de croire ny les Auſpices, ny les Oracles plus miraculeux que les Payens ne les croyoient eux-meſmes. Si nous n'en ſommes pas auſſi deſabuſez que quelques Philoſophes, & que quelques Generaux d'Armée, ſoyons-le du moins autant que le Peuple l'eſtoit quelquefois.

Mais tous les Payens mépriſoient-ils les Oracles ? Non, ſans doute. Et bien, quelques particuliers qui n'y ont point eu d'égard, ſuffiſent-ils pour les décrediter entierement ? A l'autorité

de ceux qui n'y croyoient pas,
il ne faut qu'oppofer l'autorité
de ceux qui y croyoient.

Ces deux autoritez ne font
pas égales. Le témoignage de
ceux qui croyoient une chofe
déja établie, n'a point de force
pour l'appuyer ; mais le témoignage de ceux qui ne la croyent
pas, a de la force pour la détruire. Ceux qui croyent, peuvent n'eftre pas inftruits des raifons de ne point croire , mais
il ne fe peut guere que ceux
qui ne croyent point, ne foient
pas inftruits des raifons de
croire.

C'eft tout le contraire quand
la chofe s'établit ; le témoignage de ceux qui la croyent, eft
de foy-mefme plus fort que le

témoignage de ceux qui ne la
croyent point ; car naturellement ceux qui la croyent, doivent l'avoir examinée ; & ceux
qui ne la croyent point, peuvent
ne l'avoir pas fait.

Je ne veux pas dire que dans
l'un ny dans l'autre cas, l'autorité de ceux qui croyent, ou ne
croyent point , soit de décision , je veux dire seulement que
si on n'a point d'égard aux raisons sur lesquelles les deux partis se fondent, l'autorité des uns
est tantost plus recevable, &
tantost celle des autres. Cela
vient en general, de ce que pour
quitter une opinion commune,
ou pour en recevoir une nouvelle, il faut faire quelque usage de sa raison, bon ou mauvais,

vais, mais il n'eſt point beſoin d'en faire aucun pour rejetter une opinion nouvelle, ou pour en prendre une qui eſt commune. Il faut des forces pour reſiſter au torrent, mais il n'en faut point pour le ſuivre.

Et il n'importe ſur le fait des Oracles, que parmy ceux qui y croyoient quelque choſe de divin & de ſurnaturel, il ſe trouve des Philoſophes d'un grand nom, tels que les Stoïciens. Quand les Philoſophes s'entêtent une foïs d'un préjugé, ils ſont plus incurables que le Peuple meſme, parce qu'ils s'entêtent également & du préjugé, & des fauſſes raiſons dont ils le ſoûtiennent. Les Stoïciens en particulier, malgré le faſte de

K

eur Secte, avoient des opinions
qui font pitié. Comment n'euffent-ils pas cru aux Oracles, ils
croyoient bien aux Songes? Le
grand Chrifippe ne retranchoit
de fa créance aucun des points
qui entroient dans celle de la
moindre Femmelette.

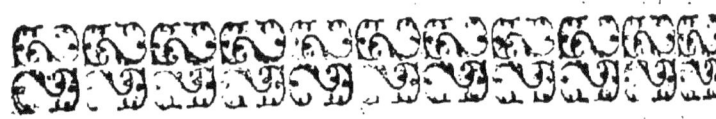

CHAPITRE IX.

*Que les anciens Chrestiens eux-mê-
mes n'ont pas trop cru que les Oracles fussent rendus par les Demons.*

Quoy-qu'il paroisse que les
Chrestiens Sçavans des
premiers Siecles aimassent assez
à dire que les Oracles estoient
rendus par les Demons, ils ne

laiſſoient pas de reprocher ſouvent aux Payens qu'ils eſtoient
jouez par leurs Preſtres. Il faloit
que la choſe fût bien vraye, puiſqu'ils la publioient aux dépens
de ce Siſtême des Demons, qu'ils
croyoient leur eſtre ſi favorables.

Voicy comment parle Cle-
ment Alexandrin au troiſiéme
Livre des Tapiſſeries. *Vante nous,
ſi tu veux, ces Oracles pleins de folie
& d'impertinence, ceux de Clayos,
d'Apollon Phitien de Didime, d'Am-
phiaraus, d'Amphilocus. Tu peux
encore y ajoûter les Augures, & les
Interpretes des Songes, & des Prodiges. Fais-nous paroître auſſi devant l'Apollon Phitien, ces gens qui
devinoient par la farine ou par l'or-
ge, & ceux qui ont été ſi eſtimez parce qu'ils parloient du ventre. Que*

K ij

les Secrets des Temples des Egyp-
tiens, & que la Necromancie des
Etrusques demeurent dans les tenebres ; toutes ces choses ne sont
certainement que des Impostures extravagantes, & de pures trompe-
ries pareilles à celle des jeux de dez.
Les Chévres qu'on a dreßées à la
Divination, & les Corbeaux qu'on
a instruits à rendre des Oracles, ne
sont, pour ainsi dire, que les Asso-
ciez de ces Charlatans qui fourbent
tous les hommes.

Eusebe au commencement du
quatriéme Livre de sa Préparation Evangelique, propose dans
toute leur étenduë les meilleures
raisons qui soient au monde,
pour prouver que tous les Oracles ont pû n'estre que des Impostures, & ce n'est que sur ces

mefmes raifons que je prétends
n'appuyer dans la fuite, quand
e viendray au détail des fourbe-
ies des Oracles.

J'avouë cependant que quoy
ju'Eufebe fçuft fi bien tout ce
jui pouvoit empefcher qu'on les
cruft furnaturels, il n'a pas laif-
é de les attribuer aux Demons,
x il femble que l'autorité d'un
nomme fi bien inftruit des rai-
ons des deux partis, eft d'un
grand préjugé pour le party qu'il
mbraffe.

Mais remarquez qu'Eufebe,
prés avoir fort bien prouvé
jue les Oracles n'ont pû n'eftre
jue des Impoftures des Preftres,
ffeure fans détruire ny affoiblir
es premieres preuves, qu'ils ont
pourtant efté le plus fouvent

rendus par des Demons. Il faloit qu'il apportaſt quelque O-
racle non ſuſpect, & rendu dans
de telles circonſtances, que quoy
que beaucoup d'autres puſſent
eſtre imputez à l'artifice des Prêtres, celuy - là n'y puſt jamais
eſtre imputé, mais c'eſt ce qu'Euſebe ne fait point du tout. Je
voy bien que tous les Oracles
peuvent n'avoir eſté que des
fourberies, mais je ne le veux
pourtant pas croire. Pourquoy?
parce que je ſuis bien aiſe d'y
faire entrer les Demons. Voilà
une aſſez pitoyable eſpece de
raiſonnement. Ce ſeroit autre
choſe ſi Euſebe dans les circonſtances des temps où il s'eſt
trouvé n'avoit oſé dire ouvertement que les Oracles ne fuſſent

pas l'ouvrage des Demons ;
mais qu'en faifant femblant de
le foûtenir, il euft infinué le contraire avec le plus d'adreffe qu'il
euft pû.

C'eft à nous à croire l'un ou
l'autre felon que nous eftime-
rons plus ou moins Eufebe. Pour
moy, je croy voir clairement que
dans l'endroit dont il eft queftion , il n'y a placé les Demons
que par maniere d'acquit, & par
un refpect forcé qu'il a eu pour
l'opinion commune.

Un paffage d'Origene dans
fon Livre feptiéme contre Cel-
fe , prouve affez bien qu'il n'attribuoit les Oracles aux Demons que pour s'accommoder
au temps , & à l'eftat où eftoit
alors cette grande difpute entre

les Chreſtiens & les Payens. *Je pourrois, dit-il, me ſervir de l'autorité d'Ariſtote & des Peripateticiens, pour rendre la Pithie fort ſuſpecte; je pourrois tirer des écrits d'Epicure & de ſes Sectateurs une infinité de choſes, qui décrediteroient les Oracles, & je ferois voir aiſément que les Grecs eux-meſmes n'en faiſoient pas trop de cas; mais j'accorde que ce n'eſtoient point des fictions ny des impoſtures; voyons ſi en ce cas-là meſme, à examiner la choſe de prés, il ſeroit beſoin que quelque Dieu s'en fuſt mêlé, & s'il ne ſeroit pas plus raiſonnable d'y faire préſider de mauvais Demons, & des Genies ennemis du Genre humain.*

Il paroiſt aſſez que naturellement Origene euſt cru des Oracles

cies ce que nous en croyons,
mais les Payens qui les produi-
foient pour un titre de la Divinité de leur Religion, n'avoient
garde de confentir qu'ils ne fuffent qu'un artifice de leurs Prêtres. Il faloit donc pour gagner
quelque chofe fur les Payens,
leur accorder ce qu'ils foûte-
noient fi opiniâtrement, & leur
faire voir que quand mefme il y
auroit eu du furnaturel dans les
Oracles, ce n'eftoit pas à dire
que la vraye Divinité y euft eu
part, & alors on eftoit obligé de
mettre les Demons en jeu.

Il eft vray qu'abfolument par-
lant, il valoit mieux en exclure
tout-à-fait les Demons, & que
l'on euft donné par là une plus
grande atteinte à la Religion
L

Payenne, mais tout le monde ne penetroit peut-eftre pas fi avant dans cette matiere, & l'on croyoit faire bien affez, lors que par l'hipothefe des Demons, qui fatisfaifoit à tout avec deux paro- les, on rendoit inutiles aux Païens toutes les chofes miraculeufes qu'ils pouvoient jamais alleguer en faveur de leur faux culte.

Voilà apparemment ce qui fut caufe que dans les premiers Siecles de l'Eglife on embraffa fi generalement ce Siftême fur les Oracles. Nous perçons en- core affez dans les tenebres d'une antiquité fi éloignée, pour y dé- mêler que les Chreftiens ne pre- noient pas tant cette opinion à caufe de la verité qu'ils y trou- voient, qu'à caufe de la facilité

qu'elle leur donnoit à combattre
le Paganifme, & s'ils renaiffoient
dans les temps où nous fommes,
delivrez comme nous des raifons
étrangeres qui les déterminoient
à ce party, je ne doute point
qu'ils ne fuiviffent prefque tous
le noftre.

Jufqu'icy nous n'avons fait que
lever les préjugez qui font contraires à noftre opinion, & que
l'on tire ou du Siftême de la Religion Chreftienne, ou de la
Philofophie, ou du fentiment
general des Payens, & des Chrê-
tiens mefme. Nous avons répondu à tout cela, non pas en
nous tenant fimplement fur la
défenfive, mais le plus fouvent
mefme en attaquant. Il faut
prefentement attaquer encore

avec plus de force, & faire voir par toutes les circonftances particulieres qu'on peut remarquer dans les Oracles, qu'ils n'ont jamais merité d'eftre attribuez à des Genies.

CHAPITRE X.

Oracles corrompus.

ON corrompoit les Oracles avec une facilité qui faifoit bien voir qu'on avoit à faire à des hommes. *La Pithie Philippife*, difoit Demofthene, lorsqu'il fe plaignoit que les Oracles de Delphes eftoient toûjours conformes aux interefts de Philippe.

* Quand Cleomene Roy de

* *Herodote l. 6.*

Sparte voulut dépoüiller de la
Royauté Demarate l'autre Roy,
fous pretexte qu'il n'eftoit pas
Fils d'Arifton fon Prédeceffeur,
& qu'Arifton luy-mefme s'eftoit
plaint qu'il luy eftoit né trop
peu de temps aprés fon mariage,
on envoya à l'Oracle fur une
queftion fi difficile, & en effet elle eftoit de la nature de celles
qui ne peuvent eftre décidées
que par les Dieux. Mais Cleomene avoit pris les devans auprés de
la Superieure des Preftreffes de
Delphes; elle declara que Demarate n'eftoit point Fils d'Arifton.
La fourberie fut découverte
quelque temps aprés, & la Prê-
treffe privée de fa Dignité. Il faloit bien vanger l'honneur de
l'Oracle & tafcher de le reparer.

* Pendant qu'Hippias eſtoit Tiran d'Athenes, quelques Citoyens qu'il avoit bannis obtinrent de la Pithie à force d'argent, que quand il viendroit des Lacédemoniens la conſulter ſur quoy que ce puſt eſtre, elle leur diſt toûjours qu'ils euſſent à délivrer Athenes de la tirannie. Les Lacedemoniens, à qui on rediſoit toûjours la meſme choſe à tout propos, crurent enfin que les Dieux ne leur pardonneroient jamais, de mépriſer des ordres ſi frequens, & prirent les armes contre Hippias, quoy qu'il fuſt leur allié.

Si les Demons rendoient les Oracles, les Demons ne manquoient pas de complaiſance

* _Herodote l._ 5.

pour les Princes qui eftoient une fois devenus redoutables, & on peut remarquer que l'Enfer avoit bien des égards pour Alexandre & pour Auguste. Quelques Historiens disent nettement qu'Alexandre voulut d'autorité absoluë estre Fils de Jupiter Hammon, & pour l'intereft de sa vanité, & pour l'honneur de sa Mere qui estoit soupçonnée d'avoir eu quelque Amant moins considerable que Jupiter. On y ajoûte qu'avant que d'aller au Temple, il fit avertir le Dieu de sa volonté, & que le Dieu l'executa de fort bonne grace. Les autres Auteurs tiennent tout au moins que les Prestres imaginerent d'eux-mesmes ce moyen de flater Alexan-

L iiij

dre. Il n'y a que Plutarque qui fonde toute cette Divinité d'A_lexandre fur une méprife du Preftre d'Hammon, qui en fa_luant ce Roy, & luy voulant dire en Grec, *o mon Fils*, pro_nonça dans ces mots une S au lieu d'une N, parce qu'eftant Libien il ne fçavoit pas trop bien prononcer le Grec, & ces mots avec ce changement fignifioient, *O Fils de Jupiter*. Toute la Cour ne manqua pas de relever cette faute du Preftre à l'avantage d'Alexandre, & fans doute le Preftre luy-mefme la fit paffer pour une infpiration du Dieu qui avoit conduit fa langue, & confirma par des Oracles fa mauvaife prononciation. Cette derniere façon de conter l'Hi_

ftoire eft peut-eftre la meilleure;
les petites origines conviennent
affez aux grandes chofes.

Augufte fut fi amoureux de
Livie, qu'il l'enleva à fon Mary
toute groffe qu'elle eftoit, & ne
fe donna pas le loifir d'attendre
qu'elle fuft accouchée pour l'é-
poufer. Comme l'action eftoit
un peu extraordinaire, * on en
confulta l'Oracle. L'Oracle qui
fçavoit faire fa cour, ne fe con-
tenta pas de l'approuver; il affu-
ra que jamais un Mariage ne
réüffiffoit mieux que quand on
époufoit une perfonne déja groffe. Voilà pourtant, ce me femble,
une étrange maxime.

Il n'y avoit à Sparte que deux
Maifons dont on puft prendre

* Prudence

des Rois. Lifander, un des plus grands Hommes que Sparte ait jamais eus, forma le deffein d'ôter cette diftinction trop avantageufe à deux Familles, & trop injurieufe à toutes les autres, & d'ouvrir le chemin de la Royauté à tous ceux qui fe fentiroient affez de merite pour y prétendre. Il fit pour cela un plan fi compofé, & qui embraffoit tant de chofes, que je m'étonne qu'un homme d'efprit en ait pû efperer quelque fuccés. Plutarque dit fort bien que c'étoit comme une Demonftration de Mathematique, à laquelle on n'arrive que par de longs circuits. Il y avoit une Femme dans le Pont, qui prétendoit eftre groffe d'Apollon. Li-

fander jetta les yeux fur ce Fils
d'Apollon , pour s'en fervir
quand il feroit né. C'eftoit a-
voir des veües bien étenduës.
Il fit courir le bruit que les Prêtres de Delphes gardoient d'anciens Oracles, qu'il ne leur eftoit pas permis de lire , parce
qu'Apollon avoit refervé ce
droit à quelqu'un qui feroit forty
de fon Sang, & qui viendroit
à Delphes faire reconnoiftre
fa naiffance. Ce Fils d'Apollon
devoit eftre le petit Enfant de
Pont, & parmy ces Oracles fi
myfterieux, il y en devoit avoir
qui euffent annoncé aux Spar-
tiates, qu'il ne faloit donner la
Couronne qu'au merite, fans
avoir égard aux familles. Il
n'eftoit plus queftion que de

composer les Oracles, de gagner le Fils d'Apollon, qui s'appelloit Silenus, de le faire venir à Delphes, & de corrompre les Prestres. Tout cela estoit fait, ce qui me paroist fort surprenant ; car quelles machines n'avoit-il pas fallu faire joüer ? Déja Silenus estoit en Grece, & il se préparoit à s'aller faire reconnoistre à Delphes pour Fils d'Apollon, mais malheureusement un des Ministres de Lisander fut effrayé, quoy que tard, de se voir embarqué dans une affaire si délicate, & il ruïna tout.

On ne peut guere voir un exemple plus remarquable de la corruption des Oracles, mais en le rapportant, je ne veux pas dissimuler ce que mon Auteur dissimule, c'est que Lisander avoit déja essayé de corrompre beaucoup d'autres Oracles; & n'en avoit pû venir à bout. Dodone avoit resisté à son argent, Jupiter Hammon avoit esté inflexible, & mesme les Prestres du lieu députerent à Sparte pour accuser Lisander, mais il se tira d'affaire par son credit. La grande Prestresse mesme de Delphes avoit refusé de luy vendre sa voix, & cela me fait croire qu'il y avoit à Delphes deux Colleges qui n'avoient rien de commun, l'un de Prestres, & l'autre de Prestresses; car Lisander qui ne pût corrompre la grande Prestresse, corrompit bien les Prestres. Les

Preftreffes eftoient les feules
qui rendiffent des Oracles de
vive voix, & qui fiffent les en-
ragées fur le Trepié, mais apparemment les Preftres avoient un
Bureau de Propheties écrites,
dont ils eftoient les Maiftres,
les Difpenfateurs, & les Interpretes.

Je ne doute point que ces
Gens-là, pour l'honneur de leur
Métier, ne fiffent quelquefois
les difficiles avec ceux qui les
vouloient gagner, fur tout fi
on leur demandoit des chofes
dont il n'y euft pas lieu d'efperer beaucoup de fuccés, telle
qu'eftoit la nouveauté que Lifander avoit deffein d'introdui-
re dans le Gouvernement de
Sparte. Peut-eftre mefme le par-

ty d'Agefilas , qui eftoit alors
oppofé à celuy de Lifander, a-
voit foupçonné quelque chofe
de ce projet, & avoit pris les
devant auprés des Oracles. Les
Preftres d'Hammon euffent-ils
pris la peine de venir du fond
de la Libie à Sparte , faire un
procés à un homme tel que Lifander, s'ils ne fe fuffent enten-
dus avec ces ennemis, & s'ils n'y
euffent efté pouffez par eux?

CHAPITRE XI.

Nouveaux établiʃʃemens d'Oracles.

LEs Oracles qu'on établiʃʃoit quelquefois de nouveau, font autant de tort aux Demons que les Oracles corrompus.

Aprés la mort d'Epheʃtion; Alexandre voulut abʃolument pour ʃe conʃoler, qu'Epheʃtion fuʃt Dieu. Tous les Courtiʃans y conʃentirent ʃans peine. Auʃʃi-tôt voilà des Temples que l'on baʃtit à Epheʃtion en pluʃieurs Villes, des Feʃtes qu'on inʃtituë en ʃon honneur, des Sacrifices qu'on luy fait, des gueriʃons miraculeuʃes qu'on luy attribuë, & à-
fin

fin qu'il n'y manquaft rien, des
Oracles qu'on luy fait rendre,
Lucien dit qu'Alexandre eftonné d'abord de voir la Divinité
d'Epheftion réüffir fi bien, la crut
enfin vraye luy-mefme, & fe
fceut bon gré de n'eftre pas feulement Dieu, mais d'avoir encore le pouvoir de faire des Dieux.

Adrien fit les mefmes folies
pour le bel Antinoüs. Il fit baftir
en memoire de luy la Ville d'Antinopolis, luy donna des Temples & des Prophetes, dit faint
Jerôme ; or il n'y avoit des Prophetes que dans les Temples à
Oracles. Nous avons encore une
Infcription Greque qui porte,

A ANTINOÜS.

Le Campagnon des Dieux d'Egypte,

M

M. Ulpius Apollonius son Prophete.

Aprés cela, on ne sera pas surpris qu'Auguste ait aussi rendu des Oracles, ainsi que nous l'apprenons de Prudence. Assurément Auguste valoit bien Antinoüs & Epheftion, qui selon toutes les apparences, ne dûrent leur Divinité qu'à leur beauté.

Sans doute ces nouveaux Oracles faisoient faire des reflexions à ceux qui estoient le moins du monde capables d'en faire. N'y avoit-il pas assez de sujet de croire qu'ils estoient de la même nature que les Anciens, & pour juger de l'origine de ceux d'Amphiaraüs, de Trophonius, d'Orphée, d'Apollon mesme, ne suffisoit-il pas de voir l'origine de ceux d'Antinoüs, d'Epheftion, & d'Auguste ?

Nous ne voyons pourtant pas à dire le vray, que ces nouveaux Oracles fussent dans le mesme credit que les Anciens ; il s'en faloit beaucoup.

On ne faisoit rendre à ces Dieux de nouvelle création qu'autant de réponses qu'il en faloit, pour en pouvoir faire sa cour aux Princes, mais du reste on ne les consultoit pas bien serieusement ; & quand il estoit question de quelque chose d'important, on alloit à Delphes. Les vieux Trépiés estoient en possession de l'avenir depuis un temps immemorial, & la parole d'un Dieu experimenté étoit bien plus sure, que celle de ces Dieux qui n'avoient encore nulle experience.

Les Empereurs Romains qui eſtoient intereſſez à faire valoir la Divinité de leurs Predeceſ-ſeurs, puiſqu'une pareille Divi-nité les attendoit, auroient dû taſcher à rendre plus celebres les Oracles des Empereurs Deï-fiez comme Auguſte, ſi ce n'euſt eſté que les Peuples accoûtu-mez à leurs anciens Oracles, ne pouvoient prendre la meſme confiance pour les autres. Je croirois bien meſme que quel-que penchant qu'ils euſſent aux plus ridicules Superſtitions, ils ſe mocquoient de ces nouveaux Oracles, & en general de toutes les nouvelles Inſtitutions de Dieux. Le moyen qu'on priſt l'Aigle qui ſe lâchoit du Bucher d'un Empereur Romain, pour

l'Ame de cet Empereur qui alloit prendre sa place au Ciel ?

Pourquoy donc le Peuple a-
voit-il esté trompé à la premiere
Institution des Dieux & des O-
racles ? En voicy, je croy, la
raison. Pour ce qui regarde les
Dieux, le Paganisme n'en a eu
que de deux sortes principales,
ou des Dieux que l'on supposoit
estre essentiellement de nature
Divine, ou des Dieux qui ne
l'estoient devenus qu'aprés a-
voir esté de nature humaine.
Les premiers avoient esté an-
noncez par les Sages ou par les
Legislateurs avec beaucoup de
Mystere, & le Peuple, ny ne
les voyoit, ny ne les avoit vûs.
Les seconds, quoy qu'ils eussent
esté hommes aux yeux de tout

le monde, avoient efté érigez en Dieux par un mouvement naturel des Peuples touchez de leurs bien-faits. On fe formoit une idée tres - relevée des uns, parce qu'on ne les voyoit point, & des autres parce qu'on les aimoit ; mais on n'en pouvoit pas faire autant pour un Empereur Romain qui eftoit Dieu par ordre de la Cour, & non pas par l'amour du Peuple ; & qui outre cela, venoit d'eftre homme fort publiquement.

Quant aux Oracles, leur premier établiffement n'eft pas non plus fort difficile à expliquer. Donnez-moy une demy douzaine de perfonnes, à qui je puiffe perfuader que ce n'eft pas le Soleil qui fait le jour, je ne defef-

pereray pas que des Nations entieres n'embraſſent cette opinion. Quelque ridicule que ſoit
une penſee, il ne faut que trouver moyen de la maintenir pendant quelque temps, la voilà qui
devient ancienne, & elle eſt
ſuffiſamment prouvée. Il y a-
voit ſur le Parnaſſe un trou d'où
il ſortoit une exhalaiſon qui faiſoit danſer les Chévres, & qui
montoit à la teſte. Peut-eſtre
quelqu'un qui en fut enteſté ſe
mit à parler ſans ſçavoir ce qu'il
diſoit, & dit quelque verité.
Auſſi-toſt il faut qu'il y ait quelque choſe de Divin dans cette
exhalaiſon, elle contient la
ſcience de l'avenir, on commence à ne s'approcher plus de ce
trou qu'avec reſpect, les cere-

monies se forment peu à peu,
Ainsi naquit apparemment l'O-
racle de Delphes ; & comme il
devoit son origine à une exhalaison qui entestoit, il faloit abso-
lument que la Pithie entrast en
fureur pour prophetiser. Dans
la pluspart des autres Oracles,
la fureur n'estoit pas necessaire.
Qu'il y en ait une fois un d'esta-
bly, vous jugez bien qu'il va
s'en establir mille. Si les Dieux
parlent bien là, pourquoy ne
parleront-ils point icy ? Les
Peuples frappez du merveilleux
de la chose, & avides de l'utilité qu'ils en esperent, ne de-
mandent qu'à voir naistre des
Oracles en tous lieux, & puis
l'Ancienneté survient à tous ces
Oracles, qui leur fait tous les
biens

biens du monde. Les nouveaux
n'avoient garde de réüffir tant,
c'eftoient les Princes qui les éta-
bliffoient, les Peuples croyent
bien mieux à ce qu'ils ont fait
eux-mefmes.

Ajoûtez à tout cela, que dans
le temps de la premiere Inftitution & des Dieux & des Oracles,
l'ignorance eftoit beaucoup plus
grande qu'elle ne fut dans la
fuite. La Philofophie n'eftoit
point encore née, & les Super-
ftitions les plus extravagantes
n'avoient aucune contradiction
à effuyer de fa part. Il eft vray
que ce qu'on appelle le Peuple,
n'eft jamais fort éclairé ; cependant la groffiereté dont il eft
toûjours, reçoit encore quelques differences felon les Sie-

N

cles; du moins il y en a où tout le monde eſt Peuple, & ceux-la ſont ſans comparaiſon les plus favorables à l'établiſſement des Erreurs. Ce n'eſt donc pas merveille ſi les Peuples faiſoient moins de cas des nouveaux Oracles que des anciens; mais cela n'empeſchoit pas que les anciens ne reſſemblaſſent parfaitement aux nouveaux. Ou un Demon alloit ſe loger dans la Statuë d'Epheſtion pour y rendre des Oracles, dés qu'il avoit plû à Alexandre d'en faire élever une à Epheſtion comme à un Dieu; ou ſi la Statuë rendoit des Oracles ſans ce Demon, celle d'Apollon Pithien pouvoit bien en faire autant. Or il ſeroit, ce me ſemble, fort étrange & fort furprenant qu'il n'euft fallu qu'une fantaifie d'A-lexandre pour envoyer un De-mon en poffeffion d'une Statuë, qui fût devenuë par là une éter-nelle occafion d'erreur à tous les hommes.

CHAPITRE XII.

Lieux où eſtoient les Oracles.

NOus allons entrer prefen-tement dans le détail des artifices que pratiquoient les Preftres ; cela renferme beau-coup de chofes de l'Antiquité affez agréables & affez particu-lieres.

Les Païs montagneux, & par

N ij

confequent pleins d'antres &
de cavernes, eftoient les plus
abondans en Oracles. Telle eftoit la Beotie, qui anciennement,
dit Plutarque, en avoit une tres-
grande quantité. Remarquez en
paffant que les Beotiens eftoient
en réputation d'eftre les plus
fottes gens du monde ; c'eftoit-
là un bon Païs pour les Oracles;
des Sots & des Cavernes.

Je ne croy point que le premier établiffement des Oracles
ait efté une impofture méditée,
mais le peuple tomba dans quelque fuperftition, qui donna lieu
à des gens un peu plus rafinez
d'en profiter. Car les fotifes
du peuple font telles affez fouvent, qu'elles n'ont pû eftre
prévûës, & quelquefois ceux

qui le trompent, ne songeoient
à rien moins, & ont esté invi-
tez par luy-mesme à le tromper. Ainsi ma pensée est qu'on
n'a pas mis d'abord des O-
racles dans la Beotie, parce
qu'elle est montagneuse ; mais
que l'Oracle de Delphes ayant
une fois pris naissance dans la
Beotie de la maniere que nous
avons dit, les autres que l'on
fit à son imitation dans le mesme païs, furent mis aussi dans
des Cavernes, parce que les
Prestres en avoient reconnu la
commodité.

Cet usage ensuite se répandit
presque par tout. Le pretexte
des Exhalaisons divines rendoit
les Cavernes necessaires, & il
semble de plus que les Caver-

nes inspirent d'elles-mesmes je
ne sçay quelle horreur, qui n'est
pas inutile à la superstition. Dans
les choses qui ne sont faites que
pour frapper l'imagination des
hommes, il ne faut rien negliger. Peut-estre la situation de
Delphes a-t-elle bien servy à la
faire regarder comme une Ville
sainte. Elle estoit à moitié chemin de la montagne du Parnasse,
bâtie sur un peu de terre-plain,
& environnée de précipices qui
la fortifioient sans le secours de
l'art. La partie de la montagne
qui estoit au dessus, avoit à peu
prés la figure d'un Theatre, &
les cris des hommes, & le son
des trompettes se multiplioient
dans les rochers. Croyez qu'il
n'y avoit pas jusqu'à ces Echos

qui ne valuſſent leur prix.

La commodité des Preſtres, & la majeſté des Oracles, demandoient donc également des Cavernes, auſſi ne voyez-vous pas un ſi grand nombre de Temples prophetiques en plat païs; mais s'il y en avoit quelques-uns, on ſçavoit bien remedier à ce défaut de leur ſituation. Au lieu de Cavernes naturelles, on en faiſoit d'artificielles, c'eſt-à-dire, de ces Sanctuaires qui eſtoient des eſpeces d'antres, où reſidoit particulierement la Divinité, & où d'autres que les Prêtres n'entroient jamais.

Quand la Pithie ſe mettoit ſur le Trepié, c'eſtoit dans ſon Sanctuaire, lieu obſcur & éloigné d'une certaine petite

N iiij

chambre * où se tenoient ceux qui venoient consulter l'Oracle. L'ouverture mesme de ce Sanctuaire estoit toute couverte de feüillages de Laurier, & ceux à qui on permettoit d'en approcher, n'avoient garde d'y rien voir.

D'où croyez-vous que vienne la diversité avec laquelle les Anciens parlent de la forme de leurs Oracles? C'est qu'ils ne voyoient point ce qui se passoit dans le fond de leurs Temples.

Par exemple; ils ne s'accordent point les uns avec les autres sur l'Oracle de Dodone, & cependant que devoit-il y avoir de plus connu des Grecs? Aristote, au rapport de Suidas,

* *Plutarque Dial. des Oracles qui ont cessé.*

dit qu'à Dodone il y a deux co-
lomnes, fur l'une defquelles eft
un Baffin d'airain, & fur l'autre
la Statuë d'un Enfant qui tient
un foüet, dont les cordes eftant
auffi d'airain, font du bruit contre le Baffin lorfqu'elles y font
pouffées par le vent.

Démon, felon le mefme Suidas, dit que l'Oracle de Jupiter
Dodonéen eft tout environné
de Baffins, qui auffi-toft que
l'un eft pouffé contre l'autre, fe
communiquent ce mouvement
en rond, & font un bruit qui
dure affez de tems.

D'autres difent que c'eftoit
un chefne réfonnant qui fe-
coüoit fes branches & fes feüil-
les, lors qu'il eftoit confulté,
& qui declaroit fes volontez

par des Preftreffes nommées Do.
donides.

Il paroift bien par tout cela
qu'il n'y avoit que le bruit de
conftant , parce qu'on l'entendoit de dehors ; mais comme on
ne voyoit point le dedans du lieu
où fe rendoit l'Oracle , on ne
fçavoit que par conjectures, ou
fur le rapport infidele des Prêtres , ce qui caufoit le bruit.
Il fe trouve pourtant dans l'Hiftoire, que quelques perfonnes
ont eu le privilege d'entrer dans
ces Sanctuaires , mais ce n'é-
toient pas des gens moins confiderables qu'Alexandre & Vef.
pafien. Strabon rapporte de
Califthene, qu'Alexandre entra
feul avec le Preftre dans le
Sanctuaire d'Hamon , & que

tous les autres n'entendirent l'Oracle que de dehors.

Tacite dit auffi que Vefpafien eftant à Alexandrie, & ayant déja des deffeins fur l'Empire, voulut confulter l'Oracle de Serapis, mais qu'il fit auparavant fortir tout le monde du Temple. Peut-eftre cependant n'entra-t-il pas pour cela dans le Sanctuaire. A ce conte les exemples d'un tel privilege feront trés-rares ; car mon Auteur avoüe qu'il n'en connoift point d'autres que ces deux-là, fi ce n'eft peut-eftre qu'on y veüille ajoûter ce que Tacite dit de Titus, à qui le Preftre de la Venus de Paphos ne voulut découvrir qu'en fecret beaucoup de grandes chofes qui re-

gardoient les deffeins qu'il méditoit alors ; mais cet exemple
prouve encore moins que celuy
de Vefpafien, la liberté que les
Preftres accordoient aux Grands
d'entrer dans les Sanctuaires de
leurs Temples. Sans doute il
faloit un grand credit pour les
obliger à la confidence de leurs
Myfteres, & mefme ils ne la faifoient qu'à des Princes naturellement intereffez à leur garder
le fecret, & qui dans le cas où
ils fe trouvoient, avoient quelque raifon particuliere de faire
valoir les Oracles.

Dans ces Sanctuaires tenebreux
eftoient cachées toutes les machines des Preftres, & ils y entroient par des conduits foûter-
rains. Rufin nous décrit le Tem-

ple de Serapis tout plein de chemins couverts, & pour apporter
un témoignage encore plus fort
que le fien, l'Ecriture Sainte ne
nous apprend-elle pas comment
Daniel découvrit l'impofture des
Preftres de Belus , qui fçavoient
bien rentrer fecretement dans
fon Temple pour prendre les
Viandes qu'on y avoit offerte ?
Il me femble que cette Hiftoire feule devroit décider toute la queftion en noftre faveur.
Il s'agit là d'un des Miracles
du Paganifme , qui eftoit crû
le plus univerfellement, de ces
Victimes que les Dieux prenoient la peine de venir manger eux-mefmes. L'Ecriture at-
tribuë-t-elle ce prodige aux
Demons ? Point du tout, mais

à des Preſtres impoſteurs ; &
c'eſt-là la ſeule fois où l'Ecriture s'étend un peu ſur un prodige du Paganiſme, & en ne
nous avertiſſant point que tous
les autres n'eſtoient pas de la
meſme nature, elle nous donne
à entendre fort clairement qu'-
ils en eſtoient. Combien aprés
tout devoit-il eſtre plus aiſé de
perſuader aux peuples que les
Dieux deſcendoient dans des
Statuës pour leur parler, & leur
donner des inſtructions utiles,
que de leur perſuader qu'ils venoient manger des membres de
Chevres & de Moutons ? & ſi
les Preſtres mangeoient bien en
la place des Dieux, à plus forte
raiſon pouvoient-ils parler auſſi
en leur place.

Les voûtes des Sanctuaires
augmentoient la voix ; & faifoient un retentiffement qui im-
primoit de la terreur. Auffi
voyez-vous dans tous les Poëtes que la Pithie pouffoit une
voix plus qu'humaine ; peut-eftre
mefme les Trompettes qui multiplioient le fon , n'eftoient-elles
pas alors tout-à-fait inconnuës ;
peut-eftre le Chevalier Morland
n'a-t-il fait que renouveller un
fecret que les Preftres Payens
avoient fçû avant luy , & dont
ils avoient mieux aimé tirer du
profit en ne le publiant pas , que
de l'honneur en le publiant. Du
moins le Pere Kirker affeure
qu'Alexandre avoit une de ces
Trompettes , avec laquelle il fe
faifoit entendre de toute fon

Armée en mesme temps.

Je ne veux pas oublier une bagatelle, qui peut servir à marquer l'extrême application que les Prestres avoient à fourber. Du Sanctuaire ou du fond des Temples, il sortoit quelquefois une * vapeur tres-agréable, qui remplissoit tout le lieu où estoient les Consultans. C'estoit l'arrivée du Dieu qui parfumoit tout. Jugez si des gens qui poussoient jusqu'à ces minuties presque inutiles l'exactitude de leurs impostures, pouvoient rien negliger d'essentiel.

* Plut. Dial. des Or.

CHAP.

CHAPITRE XIII.

Distinctions de jours & autres Mystères des Oracles.

LEs Prestres n'oublioient aucune forte de précaution. Ils marquoient à leur gré de certains jours où il n'estoit point permis de consulter l'Oracle. Cela avoit un air mysterieux, ce qui est déja beaucoup en pareilles matieres ; mais la principale utilité qu'ils en retiroient, c'est qu'ils pouvoient vous renvoyer fur ce pretexte, s'ils avoient des raisons pour ne pas vouloir vous répondre, ou que pendant ce temps de silence ils prenoient

O

leurs mesures, & faisoient leurs préparatifs.

A l'Occasion de ces prétendus jours malheureux, il fut rendu à Alexandre un des plus jolis Oracles qui ait jamais esté. Il estoit allé à Delphes pour consulter le Dieu ; & la Prétresse qui prétendoit qu'il n'étoit point alors permis de l'interroger, ne vouloit point entrer dans le Temple. Alexandre qui estoit brusque, la prit par le bras pour luy mener de force, & elle s'écria, *Ah ! mon Fils, on ne peut te resister. Je n'en veux pas davantage*, dit Alexandre, *cet Oracle me suffit.*

Les Prestres avoient encore un secret pour gagner du tems, quand il leur plaisoit. Avant que de confulter l'Oracle , il faloit facrifier ; & fi les entrailles des Victimes n'eftoient pas heureufes ; c'eft que le Dieu n'eftoit pas encore en humeur de répondre. Et qui jugeoit des entrailles des Victimes ? Les Preftres , le plus fouvent mefme, ainfi qu'il paroift par beaucoup d'exemples , ils eftoient feuls à les examiner, & tel qu'on obligeoit à recommencer le Sacrifice, avoit pourtant immolé un animal, dont le cœur & le foye eftoient les plus beaux du monde.

Ce qu'on appelloit les Myfteres & les Ceremonies fecretes d'un Dieu, eftoit fans doute un des meilleurs artifices que les Preftres euffent imaginé pour

leur feureté. Ils ne pouvoient fi
bien couvrir leur jeu, que bien
des gens ne foupçonnaffent la
fourberie. Ils s'aviferent d'établir de certains Myfteres, qui
engageoient à un fecret invio-
lable ceux qui y eftoient initiez.

Il eft vray qu'il y avoit de
ces Myfteres dans des Temples
qui n'avoient point d'Oracles,
mais il y en avoit auffi dans
beaucoup de Temples à Oracles, par exemple, dans celuy
de Delphes. Plutarque dans ce
Dialogue fi fouvent cité, dit
qu'il n'y avoit perfonne à Delphes, ny dans tout ce païs, qui
ne fuft initié aux Myfteres. Ainfi
tout eftoit dans la dépendance
des Preftres ; fi quelqu'un euft

ofé ouvrir la bouche contre
eux, on euſt bien crié à l'A-
thée & à l'Impie, & on luy euſt
fait des affaires dont il ne ſe fuſt
jamais tiré.

Sans les Myſteres, les Habi-
tans de Delphes n'euſſent pas
laiſſé d'eſtre toûjours engagez
à garder le ſecret aux Preſtres
ſur leurs friponneries ; car Delphes eſtoit une Ville qui n'avoit
point d'autre revenu que celuy
de ſon Temple, & qui ne vivoit
que d'Oracles, mais les Preſtres
s'aſſuroient encore mieux de ces
peuples en ſe les attachant par
le double lien de l'intereſt & de
la ſuperſtition. On euſt eſté bien
receu à parler contre les Oracles
dans une telle Ville.

Ceux qu'on initioit aux Myſ-

teres, donnoient des affurances
de leur difcretion ; ils eftoient
obligez à faire aux Preftres une
confeffion de tout ce qu'il y avoit
de plus caché dans leur vie, &
c'étoit aprés cela à ces pauvres
initiez à prier les Preftres de leur
garder le fecret.

Ce fut fur cette confeffion
qu'un Lacedemonien qui s'alloit faire initier aux Myfteres de
Samothrace , dit brufquement
aux Preftres, *Si j'ay fait des crimes, les Dieux les fçavent bien.*

Un autre répondit à peu prés
de la mefme façon. *Eft-ce à toy
ou au Dieu qu'il faut confeffer fes
crimes ? C'eft au Dieu*, dit le Prêtre. *Et bien : Retire-toy donc*, ré-
prit le Lacedemonien, *& je les
confefferay au Dieu.* Tous ces La-

cedemoniens n'avoient pas extrêmement l'esprit de devotion.
Mais ne pouvoit-il pas se trouver quelque impie, qui allast
avec une fausse confession se
faire initier aux Ministres, & qui
en découvrist ensuite toute l'extravagance, & publiast la fourberie des Prestres?

Je croy que ce malheur a pû
arriver, & je croy aussi que les
Prestres le prévenoient autant
qu'il leur estoit possible. Ils
voyoient bien à qui ils avoient
affaire, & je vous garantis que
les deux Lacedemoniens dont
nous venons de parler, ne furent
point reçûs. De plus, on avoit
déclaré les Epicuriens incapables d'estre initiez aux Mysteres, parce que c'étoient des

gens qui faifoient profeffion de
s'en mocquer, & je ne croy pas
mefme qu'on leur rendift d'O-
racles. Ce n'eftoit pas une chofe
difficile que de les reconnoiftre;
tous ceux d'entre les Grecs qui
fe mefloient un peu de Littera-
ture, faifoient choix d'une Secte
de Philofophie, & le furnom
qu'ils tiroient de leur Secte,
eftoit prefque ce qu'eft parmy
nous celuy qu'on prend d'une
Terre. On diftinguoit, par e-
xemple, trois Demetrius, parce
que l'un eftoit Demetrius le Cy-
nique; l'autre, Demetrius le
Stoïcien; l'autre, Demetrius le
Peripateticien.

La coûtume d'exclure les
Epicuriens de tous les Myfteres
eftoit fi generale, & fi neceffai-
re

re pour la feureté des chofes facrées, qu'elle fut prife par ce grand fourbe, dont Lucien nous décrit fi agreablement la Vie, cet Alexandre qui joüa fi long-temps les Grecs avec fes Serpens. Il avoit mefme ajoûté les Chreftiens aux Epicuriens, parce qu'à fon égard ils ne valoient pas mieux les uns que les autres, & avant que de commencer ces ceremonies, il crioit: *Qu'on chaffe d'icy les Chreftiens.* A quoi le peuple répondoit comme en une efpece de Chœur, *Qu'on chaffe les Epicuriens.* Il fit bien pis; car fe voyant tourmenté par ces deux fortes de Gens, qui, quoy que pouffez par differens interefts, confpiroient à tourner fes Ceremonies en ri-

P

dicules; il declara que le Pont
où il faisoit alors sa demeure, se
remplissoit d'Impies, & que le
Dieu dont il estoit le Prophete,
ne parleroit plus, si on ne l'en
vouloit défaire, & sur cela il fit
courir sus aux Chrestiens & aux
Epicuriens.

L'Apollon de Daphné, Fauxbourg d'Antioche, estoit dans
la mesme peine, lors que du
temps de Julien l'Apostat il répondit à ceux qui luy demandoient la cause de son silence,
qu'il s'en faloit prendre à de certains Morts enterrez dans le
voisinage. Ces Morts estoient
des Martyrs Chrestiens, & entre autres saint Babilas. On
veut communément que ce fust
la presence de ces Corps bien-

heureux qui oſtoit aux Demons
le pouvoir de parler dans l'Oracle ; mais il y a plus d'apparence que le grand concours de
Chreſtiens qui ſe faiſoit aux Se-
pulchres de ces Martyrs, incom-
modoit les Preſtres d'Apollon,
qui n'aimoient pas à avoir pour
témoins de leurs actions des ennemis clair-voyans, & qu'ils tâ-
cherent par ce faux Oracle d'obtenir d'un Empereur Payen qu'il
fiſt jetter hors de là ces Corps
dont le Dieu ſe plaignoit.

Pour revenir preſentement
aux artifices dont les Oracles
étoient pleins, & pour comprendre en une ſeule reflexion toutes celles qu'on peut faire là-
deſſus, je voudrois bien qu'on
ne diſt pourquoy les Demons

ne pouvoient prédire l'avenir
que dans des Trous, dans des
Cavernes, & dans des lieux obſcurs, & pourquoy ils ne s'avi-
ſoient jamais d'aller animer une
Statuë qui fuſt dans un Carre-
four, expoſée de toutes parts
aux yeux de tout le monde.

On pourra dire que les Oracles qui ſe rendoient ſur des Billets cachetez, & plus encore
ceux qui ſe rendoient en ſonge,
avoient abſolument beſoin de
Démons, mais il nous ſera bien
aiſé de faire voir qu'ils n'avoient
rien de plus miraculeux que les
autres.

CHAPITRE XIV.

Des Oracles qui se rendoient sur des Billets cachetez.

LES Prestres n'estoient pas scrupuleux jusqu'au point de n'oser décacheter les billets qu'on leur apportoit ; il faloit qu'on les laissast sur l'Autel, aprés quoy on fermoit le Temple, où les Prêtres sçavoient bien rentrer sans qu'on s'en apperçût, où bien il faloit mettre ces billets entre les mains des Prestres, afin qu'ils dormissent dessus, & reçussent en songe la réponse qu'il y faloit faire, & dans l'un & l'autre cas ils avoient le loisir

P iij

& la liberté de les ouvrir. Ils
ſçavoient pour cela pluſieurs ſe-
crets, dont nous voyons quelques-uns mis en pratique par le
faux Prophete de Lucien. On
peut les voir dans Lucien meſme, ſi l'on eſt curieux d'apprendre comment on pouvoit décacheter les Billets des Anciens
ſans qu'il y paruſt.

Aſſeurément on s'eſtoit ſervi de
quelqu'un de ces Secrets pour
ouvrir le Billet que ce Gouverneur de Cilicie dont parle Plutarque, avoit envoyé à l'Oracle de Mopſus qui eſtoit à Mal-
le, Ville de cette Province. Le
Gouverneur ne ſçavoit que croire des Dieux ; il eſtoit obſedé
d'Epicuriens qui luy avoient jetté beaucoup de doutes. dans

l'efprit. Il fe réfolut, comme dit agréablement Plutarque, d'envoyer un Efpion chez les Dieux, pour apprendre ce qui en eftoit. Il luy donna un Billet bien caché pour le porter à l'Oracle de Mopfus. Cet Envoyé dormit dans le Temple, & vit en Songe un homme fort bien fait, qui luy dit, *Noir*. Il porte cette réponfe au Gouverneur. Elle parut tres - ridicule à tous les Epicuriens de fa cour, mais il en fut frappé d'étonnement & d'admiration, & en leur ouvrant fon Billet, il leur montra ces mots qu'il y avoit écrits, *T'immoleray-je un Bœuf blanc ou noir* ? aprés ce miracle, il fut toute fa vie fort devot au Dieu Mopfus. Nous éclaircirons en-

fuite ce qui regarde le fonge,
il fuffit prefentement que le billet avoit pû eftre décacheté &
renfermé avec adreffe. Il avoit
toûjours falu le porter au Temple, & il n'euft pas efté neceffai-
re qu'il fuft forty des mains du
Gouverneur, fi un Demon euft
dû y répondre.

Si les Preftres n'ofoient fe ha-
zarder à décacheter les billets,
ils tâchoient de fçavoir adroite-
ment ce qui amenoit les gens à
l'Oracle. D'ordinaire c'étoient
des Gens confiderables, qui a-
voient dans la tête quelque deffein ou quelque paffion qui n'é-
toit pas inconnuë dans le monde. Les Preftres avoient tant de
commerce avec eux, à l'occafion des Sacrifices, qu'il faloit fai-

re, ou des delais qu'il faloit obferver avant que l'Oracle par-
laft, qu'il n'étoit pas trop difficile de tirer de leur bouche, ou
du moins de conjecturer quel
eftoit le fujet de leur voyage.
On leur faifoit recommencer facrifices fur facrifices, jufqu'à ce
qu'on fe fuft éclaircy. On les
mettoit entre les mains de certains menus Officiers du Temple, qui fous prétexte de leur
en montrer les Antiquitez, les
Statuës, les Peintures, les Offrandes, fçavoient l'art de les
faire parler fur leurs affaires.
Ces Antiquaires pareils à ceux
qui vivent aujourd'huy de ce métier en Italie, fe trouvoient dans
tous les Temples un peu confiderables. Ils fçavoient par cœur

tous les miracles qui s'y estoient
faits ; ils vous faisoient bien valoir la puissance & les merveilles du Dieu ; ils vous contoient
fort au long l'histoire de chaque
Present qu'on luy avoit consa-
cré. Sur cela Lucien dit assez
plaisamment que tous ces gens
là ne vivoient & ne subsistoient
que de Fables, & que dans la
Gréce on eust esté bien fâché
d'apprendre des veritez dont il
n'eust rien cousté. Si ceux qui
venoient consulter l'Oracle, ne
parloient point, leurs Dome-
stiques se taisoient - ils ? Il faut
sçavoir que dans une Ville à Oracle, il n'y avoit presque que des
Officiers de l'Oracle. Les uns
estoient Propheres & Prestres,
les autres Poëtes qui habilloient

en Vers les Oracles rendus en
Profe, les autres fimples Interpretes, les autres petits Sacrifi-
cateurs qui immoloient les Victimes, & en examinoient les
entrailles, les autres vendeurs de
parfums, ou d'encens, ou de
beftes pour les Sacrifices, les
autres Antiquaires, les autres
enfin n'eftoient que des Hôte-
liers que le grand abord des
Étrangers enrichiffoit. Tous ces
gens-là eftoient dans les interefts
de l'Oracle du Dieu ; & fi par
le moyen des Domeftiques des
Étrangers, ils découvroient
quelque chofe qui fuft bon à
fçavoir, vous ne devez pas douter que les Preftres n'en fuffent
avertis.

Le faux Prophete Alexandre

qui avoit étably son Oracle dans
le Pont, avoit bien jusque dans
Rome des Correspondans, qui
luy mandoient les affaires les
plus secrettes de ceux qui l'al-
loient consulter.

Par ces moyens on pouvoit
répondre mesme sans avoir besoin de recevoir de billets, & ces
moyens n'étoient pas sans doute
inconnus aux Prestres de l'Apollon de Claros, s'il est vray qu'il
suffisoit de leur dire le nom de
ceux qui les consultoient. Voicy
comme Tacite en parle au 2. l.
des Annales. *Germanicus alla
consulter Apollon de Claros. Ce
n'est point une femme qui y rend
les Oracles comme à Delphes,
mais un homme qu'on choisit dans
de certaines familles, & qui*

*est presque toûjours de Milet.
Il suffit de luy dire le nombre &
les noms de ceux qui viennent le
consulter ; ensuite il se retire dans
une grotte, & ayant pris de l'eau
d'une source qui y est cachée, il
vous répond en vers à ce-que
vous avez dans l'esprit, quoy-
que le plus souvent il soit tres-
ignorant.*

Nous pourrions remarquer
icy que l'on confioit bien à une
femme l'Oracle de Delphes,
parce qu'il n'estoit question que
d'y faire la Démoniaque ; mais
que comme celuy de Claros a-
voit plus de difficulté, on ne le
donnoit qu'à un homme. Nous
pourrions remarquer encore
que l'ignorance du Prophete, sur
laquelle roule une bonne partie

de ce qu'il y a de miraculeux
dans l'Oracle, ne pouvoit jamais eftre fort bien prouvée,
qu'enfin le Demon de l'Oracle,
tout Demon qu'il eftoit, ne pouvoit fe paffer de fçavoir les noms
de ceux qui le confultoient, mais
nous n'en fommes pas là prefentement, c'eft affez d'avoir fait
voir comment on pouvoit répondre non - feulement à des
Billets cachetez, mais à de fimples penfées. Il eft vray qu'on
ne pouvoit pas répondre aux
penfées de tout le monde, & que
ce que le Preftre de Claros faifoit pour Germanicus, il ne l'euft
pas pû faire pour un fimple Bour-
geois de Rome.

CHAPITRE XV.

Des Oracles en Songe.

LE nombre eſt fort grand des Oracles qui ſe rendoient par Songes. Cette ma-
iere avoit plus de merveilleux
qu'aucune autre, & avec cela
elle n'eſtoit pas fort difficile dans
la pratique. Le plus fameux de
tous ces Oracles eſtoit celuy de
Trophonius dans la Beotie. Trophonius n'eſtoit qu'un ſimple
Heros, mais ſes Oracles ſe rendoient avec plus de ceremonies
que ceux d'aucun Dieu. Pauſanias qui avoit eſté luy-meſme le
conſulter, & qui avoit paſſé par

toutes ces ceremonies, nous en
a laiſſé une deſcription fort am-
ple, dont je croy qu'on fera bien
aiſe de trouver icy un abregé
exact.

Avant que de deſcendre dans
l'antre de Trophonius, il faloit
paſſer un certain nombre de
jours dans une eſpece de petite
Chapelle qu'on appelloit de la
Bonne Fortune, & du Bon Genie. Pendant ce temps on recevoit des expiations de toutes les
ſortes ; on s'abſtenoit d'eaux
chaudes ; on ſe lavoit ſouvent
dans le Fleuve Hircinas ; on ſa-
crifioit à Trophonius, & à toute
ſa famille, à Apollon, à Jupiter
ſurnommé Roy, à Saturne, à
Junon, à une Cerés Europe qui
avoit eſté Nourrice de Trophonius

nius, & on ne vivoit que des
chairs facrifiées. Les Prestres
apparemment ne vivoient auffi
d'autre chofe. Il faloit confulter les entrailles de toutes ces Victimes, pour voir fi Trophonius
trouvoit bon que l'on defcendît
dans fon Antre; mais quand elles auroient efté toutes les plus
heureufes du monde, ce n'eftoit
encore rien; les entrailles qui
décidoient eftoient celles d'un
certain Belier qu'on immoloit
en dernier lieu. Si elles eftoient
favorables, on vous menoit la
nuit au Fleuve Hircinas. Là deux
jeunes enfans de douze ou treize
ans vous frotoient tout le corps
d'huile. Enfuite on vous conduifoit jufqu'à la fource du Fleuve,
& on vous y faifoit boire de deux

Q

fortes d'eaux, celles de Lethé
qui effaçoient de voftre efprit
toutes les penfées profanes qui
vous avoient occupé auparavant,
& celles de Mnemofine qui a-
voient la vertu de vous faire retenir tout ce que vous deviez
vóir dans l'Antre facré. Aprés
tous ces préparatifs, on vous faifoit voir la Statuë de Trophonius, à qui vous faifiez vos priè-
res; on vous équipoit d'une Tu-
nique de lin; on vous mettoit de
certaines bandelettes facrées, &
enfin vous alliez à l'Oracle.

L'Oracle eftoit fur une Montagne dans une enceinte faite
de pierres blanches, fur laquelle s'élevoient des Obelifques
d'airain. Dans cette enceinte
eftoit une caverne de la figure

d'un four taillée de main d'homme. Là s'ouvroit un trou assez étroit, où l'on ne descendoit point par des degrez, mais par de petites échelles. Quand on y estoit descendu, on trouvoit une autre petite caverne, dont l'entrée estoit assez étroite. On se couchoit à terre ; on prenoit dans chaque main de certaines compositions de miel, qu'il faloit necessairement porter ; on passoit les pieds dans l'ouverture de la petite caverne, & aussi-tost on se sentoit emporté au dedans avec beaucoup de force & de vitesse.

C'estoit-là que l'avenir se déclaroit, mais non pas à tous d'une mesme maniere. Les uns voyoient, les autres entendoient.

Vous fortiez de l'Antre couché
par terre comme vous y étiez
entré, & les pieds les premiers.
Aussi-toft on vous mettoit dans
la Chaife de Mnemofine, où
l'on vous demandoit ce que vous
aviez vû ou entendu. De-là on
vous ramenoit dans cette Chapelle du Bon Genie, encore tout
étourdy & tout hors de vous.
Vous repreniez vos fens peu à
peu & vous recommenciez à pouvoir rire ; car jufque-là la grandeur des Myfteres & la divinité
dont vous étiez remply, vous
en avoient bien empefché. Pour
moy, il me femble qu'on n'euft
pas dû attendre fi tard à rire.

Paufanias nous dit qu'il n'y a
jamais eu qu'un homme qui foit
entré dans l'Antre de Tropho-

nius, & qui n'en foit pas forti.
C'étoit un certain Efpion que
Démetrius y envoya pour voir
s'il n'y avoit pas dans ce Lieu
Saint quelque chofe qui fuft bon
à piller. On trouva loin de là
le corps de ce malheureux,
qui n'avoit point efté jetté dehors par l'ouverture facrée de
l'Antre.

Il ne nous eft que trop aifé de
faire nos reflexions fur tout cela.
Quel loifir n'avoient pas les Prêtres pendant tous ces differens
Sacrifices qu'ils faifoient faire,
d'examiner fi on eftoit propre
à eftre envoyé dans l'Antre ? car
affurément Trophonius choifif-
foit fes Gens, & ne recevoit
pas tout le monde. Combien
toutes ces Ablutions, & ces ex-

piations, & ces voyages nocturnes, & ces paſſages dans des
cavernes étroites & obſcures,
rempliſſoient - elles l'eſprit de
ſuperſtition, de frayeur, & de
crainte ? Combien de machines pouvoient joüer dans ces
tenebres ? L'Hiſtoire de l'Eſpion
de Demetrius, nous apprend
qu'il n'y avoit pas de ſureté dans
l'Antre pour ceux qui n'y ap-
portoient pas de bonnes inten-
tions, & de plus, qu'outre l'ouverture ſacrée qui eſtoit connuë
de tout le monde, l'Antre en
avoit une ſecrette qui n'eſtoit
connuë que des Preſtres. Quand
on s'y ſentoit entraîné par les
pieds on eſtoit ſans doute tiré
par des cordes, & on n'avoit garde de s'en appercevoir en y por-

tant les mains, puis qu'elles
estoient embarassées de ces compositions de miel, qu'il ne faloit
pas lâcher. Ces Cavernes pouvoient estre pleines de parfums
& d'odeurs qui troubloient le
cerveau ; ces eaux de Lethé &
de Mnemosine pouvoient aussi
estre preparées pour le mesme
effet. Je ne dis rien des spécta-
cles & des bruits dont on pouvoit estre épouvanté, & quand
on sortoit de là tout hors de soy,
on disoit ce qu'on avoit veu ou
entendu à des gens, qui profi-
tant de ce desordre, le recüeil-
loient comme il leur plaisoit, y
changeoient ce qu'ils vouloient,
ou enfin en estoient toûjours les
interpretes.

Ajoûtez à tout cela, que de

ces Oracles qui se rendoient par
songes, il y en avoit ausquels
il faloit se préparer par des jeû-
nes, comme celuy * d'Amphiaraüs dans l'Attique ; que si vos
songes ne pouvoient pas recevoir quelque interpretation ap-
parente, on vous faisoit dormir
dans le Temple sur nouveaux
frais, que l'on ne manquoit jamais de vous remplir l'esprit d'i-
dées propres à vous faire avoir
des songes, où il entrast des
Dieux, & des choses extraordi-
naires, &qu'on vous faisoit dormir le plus souvent sur des peaux
de Victimes, qui pouvoient a-
voir esté frottées de quelque
drogue qui fist son effet sur le
cerveau.

* *Philostrate l. 2. de la vie d'Apollonius.*

Quand

Quand c'eſtoient les Preſtres qui en dormant ſur les Billets cachetez, avoient eux-meſmes les Songes prophetiques, il eſt clair que la choſe eſt encore plus aiſée à expliquer. En verité, il y avoit du ſuperflu dans les ſoins que prenoient les Prêtres Payens pour cacher leurs impoſtures. Si on eſtoit aſſez credule & aſſez ſtupide pour ſe contenter de leurs Songes, & pour y ajoûter foy, il n'eſtoit pas beſoin qu'ils laiſſaſſent aux autres la liberté d'en avoir, ils pouvoient ſe reſerver ce droit à eux ſeuls, ſans qu'on y euſt trouvé à redire. De la maniere dont ces Peuples eſtoient faits, c'eſtoit leur faire trop d'honneur que de les fourber

R

avec quelque précaution & quelque adreſſe.

Croira-t'on bien qu'il y avoit dans l'Achaïe un * Oracle de Mercure qui ſe rendoit de cette ſorte ? Aprés beaucoup de ceremonies, on parle au Dieu à l'oreille , & on luy demande ce qu'on veut. Enſuite on ſe bouche les oreilles avec les mains, on ſort du Temple, & les premieres paroles qu'on entend au ſortir de là, c'eſt la Réponſe du Dieu. Encore, afin qu'il fuſt plus aiſé de faire entendre, ſans eſtre apperceu , telles paroles qu'on voudroit, cet Oracle ne ſe rendoit que le ſoir.

* Pauſanias.

CHAPITRE XVI.

Ambiguité des Oracles.

UN des plus grands secrets des Oracles, & une des choses qui marque autant que des hommes s'en mesloient, c'est l'ambiguité des Réponses, & l'art qu'on avoit de les accommoder à tous les évenemens qu'on pou-voit prévoir.

* Lors qu'Alexandre tomba malade tout d'un coup à Baby-lone, quelques-uns des princi-paux de sa Cour allerent passer une nuit dans le Temple de Serapis, pour demander à ce

* *Arrian. l. 7.*

R ij

Dieu s'il ne feroit point à propos de luy faire apporter le
Roy afin qu'il le guerift. Le
Dieu répondit qu'il valoit mieux
pour Alexandre qu'il demeu-
raft où il eftoit. Serapis avoit
raifon, car s'il fe le fuft fait
apporter, & qu'Alexandre fuft
mort en chemin, ou mefme
dans le Temple, que n'euft-on
pas dit ? mais fi le Roy recou-
vroit fa fanté à Babylone, quelle gloire pour l'Oracle ? S'il
mouroit, c'eft qu'il luy eftoit
avantageux de mourir aprés des
conqueftes qu'il ne pouvoit ny
augmenter, ny conferver. Il
s'en falut tenir à cette derniere interpretation, qui ne
manqua pas d'eftre trouvée à
l'avantage de Serapis, fi-toft

qu'Alexandre fuſt mort.

Macrobe dit que quand Trajan eut pris le deſſein d'aller attaquer les Parthes, on le pria
d'en conſulter l'Oracle de la Ville d'Heliopolis, auquel il ne faloit qu'envoyer un Billet cacheté. Trajan ne ſe fioit point trop
aux Oracles, il voulut auparavant
éprouver celuy-là. Il y envoye
un Billet cacheté, où il n'y avoit
rien, on luy en renvoye autant.
Voilà Trajan convaincu de la
divinité de l'Oracle. Il y envoye
une ſeconde fois un autre Billet
cacheté, par lequel il demandoit au Dieu s'il retourneroit à
Rome, aprés avoir mis fin à la
Guerre qu'il entreprenoit. Le
Dieu ordonna que l'on priſt une
Vigne qui eſtoit une des Offran-

R iij

des de son Temple, qu'on la
mist par morceaux, & qu'on la
portast à Trajan. L'évenement,
dit Macrobe, fut parfaitement
conforme à cet Oracle, car Trajan mourut à cette Guerre, & on
reporta à Rome ses os qui a-
voient esté representez par la
Vigne rompuë.

Tout le monde sçavoit assurément que l'Empereur songeoit à
faire la Guerre aux Parthes, &
qu'il ne consultoit l'Oracle que
sur cela, & l'Oracle eut l'esprit
de luy rendre une Réponse allé-
gorique ; & si generale qu'elle
ne pouvoit manquer d'estre
vraye. Car que Trajan retour-
nast à Rome victorieux, mais
blessé, ou ayant perdu une partie de ses Soldats, qu'il fust vain-

eu, & que son Armée fust mise
en fuite; qu'il y arrivast seulement quelque division; qu'il en
arrivast dans celle des Parthes;
qu'il en arrivast mesme dans Rome en l'absence de l'Empereur;
que les Parthes fussent absolu-
ment défaits; qu'ils ne fussent
défaits qu'en partie; qu'ils fussent abandonnez de quelques-
uns de leurs alliez, la Vigne
rompuë convenoit merveilleu-
sement à tous ces cas differens,
& il y eust eu bien du malheur,
s'il n'en fust arrivé aucun; & je
croy que les os de l'Empereur
reportez à Rome, surquoy l'on
fit tomber l'explication de l'O-
racle, estoient pourtant la seule
chose à quoy l'Oracle n'avoit
point pensé.

R iiij

A propos de cette Vigne, je ne croy pas devoir oublier une espece d'Oracle qui s'accommodoit à tout, dont Apulée nous apprend que les Prestres de la Déesse de Syrie avoient esté les inventeurs. Ils avoient fait deux Vers dont le sens estoit. *Les Bœufs attelez coupent la terre, afin que les Campagnes produisent leurs fruits.* Avec ces deux Vers, il n'y avoit rien à quoy ils ne répondissent. Si on les venoit consulter sur un Mariage, c'estoit la chose mesme, des Bœufs attellez ensemble, des Campagnes fecondes. Si on les consultoit sur quelque terre que l'on vouloit acheter, voilà des Bœufs pour la labourer, voilà des champs fertiles. Si on les con-

sultoit sur un Voyage, les Bœufs
sont attellez, & tout prests à par-
tir, & ces Campagnes fécon-
des vous promettent un grand
gain. Si on alloit à la Guerre,
ces Bœufs sous le joug, ne vous
annoncent-ils pas que vous y
mettrez aussi vos ennemis ? Cette
Déesse de Syrie apparamment
n'aimoit pas à parler, & elle
avoit trouvé moyen de satisfaire
par une seule Réponse à toutes
sortes de Questions.

Ceux qui recevoient ces Oracles ambigus, prenoient volontiers la peine d'y ajuster l'évenement, & se chargeoient eux-mê-
mes de les justifier. Souvent ce qui
n'avoit eu qu'un sens dans l'intention de celuy qui avoit rendu
l'Oracle, aprés l'évenement, se

trouvoit en avoir deux , & le Fourbe pouvoit fe repofer fur ceux qu'il fourboit du foin de fauver fon honneur. Quand le faux Prophete Alexandre répondit à Rutilien, qui luy demandoit quels Précepteurs il donneroit à fon Fils, qu'il luy donnaft Pythagore & Homere, il entendoit tout fimplement qu'on luy fift étudier la Philofophie & les belles Lettres. Le jeune homme mourut peu de jours aprés, & on reprefentoit à Rutilien que fon Prophete s'eftoit bien mépris. Mais Rutilien trouvoit avec beauconp de fubtilité la mort de fon Fils annoncée dans l'Oracle, parce qu'on luy donnoit pour Précepteurs Pithagore & Homere qui eftoient morts.

CHAPITRE XVII.

Fourberies des Oracles manifeste-
ment découvertes.

IL n'est plus question de deviner les finesses des Prestres,
par des moyens, qui pourroient
eux-mesmes paroistre trop fins,
un temps a esté qu'on les a découvertes de toutes parts aux
yeux de toute la terre ; ce fut
quand la Religion Chrestienne
triompha hautement du Paganisme sous les Empereurs Chrestiens.

Theodoret dit que Theophile
Evesque d'Alexandrie, fit voir à
ceux de cette Ville les Statuës

creuſes où les Preſtres entroient
par des chemins cachez pour y
rendre les Oracles.

Lors que par l'Ordre de Conſtantin on abatit le Temple d'Eſculape à Eges en Cilicie, *on en*
chaſſa, dit Euſebe dans la Vie de
cet Empereur, *non pas un Dieu ny*
un Demon, mais le Fourbe qui a-
voit ſi long-temps impoſé à la cre-
dulité des peuples. A cela il ajoûte
en general que dans les Simulacres des Dieux abatus, on n'y
trouvoit rien moins que dés
Dieux ou des Demons, non pas
meſme quelques malheureux
Spectres obſcurs & tenebreux,
mais ſeulement du foin & de la
paille, ou des ordures, ou des
os de morts. C'eſt de luy que
nous apprenons l'Hiſtoire de ce

Theotecnus qui confacra dans la Ville d'Antioche une Statuë de Jupiter Dieu de l'Amitié, à laquelle il fit fans doute rendre des Oracles, puis qu'Eufebe dit que ce Dieu avoit des Prophetes. Theotecnus fe mit par-là en fi grand credit, que Maximin le fit Gouverneur de toute la Province. Mais Licinius eftant venu à Antioche, & fe doutant de l'impofture, il fit mettre à la Queftion les Preftres & les Prophetes de ce nouveau Jupiter. Ils avoüerent tout, & furent punis du dernier fupplice, eux & leurs affociez, & avant eux tous, Theotecnus leur Maiftre. Le mefme Eufebe nous affure encore au 4. Liv. de la Prep. Ev. que de fon temps les plus fameux

Prophetes d'entre les Payens, &
leurs Theologiens les plus celebres, dont quelques-uns mesme
étoient Magistrats dans leurs Villes, avoient esté obligez par les
tourmens d'expliquer en détail
tout l'appareil de la fourberie
des Oracles. S'il s'agissoit presentement de ce que les Chrestiens en ont crû, tous ces passages d'Eusebe decideroient, ce
me semble, la question. On pla-
çoit les Demons dans un certain
Sistême general qui servoit pour
les disputes ; mais quand on venoit à un point de fait particulier, on ne parloit guere d'eux,
au contraire on leur donnoit
nettement l'exclusion.

Je ne croy pas qu'il puisse jamais y avoir de meilleurs té-

moins contre les Démons que
les Preſtres Payens ; ainſi aprés
leurs dépoſitions, la choſe me paroiſt terminée. J'ajoûteray ſeulement icy un Chapitre ſur les
Sorts , non pas pour en découvrir l'impoſture , car cela eſt
compris dans ce que nous avons
dit ſur les Oracles , & de plus elle ſe découvre aſſez d'elle meſme , mais pour ne pas oublier
une eſpece d'Oracles , tres-fa-
meux dans l'Antiquité.

CHAPITRE XVIII.

Des Sorts.

LÉ Sort eſt l'effet du hazard,
& comme la déciſion ou

l'Oracle de la Fortune ; mais les Sorts font les Inftrumens dont on fe fert pour fçavoir quelle eft cette décifion.

Les Sorts eftoient le plus fouvent des efpeces de Dez fur lefquels eftoient gravez quelques caracteres ou quelques mots dont on alloit chercher l'explication dans des Tables faites exprés. Les ufages étoient differens fur les Sorts, dans quelques Temples, on les jettoit foy-mefme, dans d'autres on les faifoit fortir d'une Urne, d'où eft venuë cette maniere de parler fi ordinaire aux Grecs, *le Sort eft tombé.*

Ce jeu de Dez eftoit toûjours precedé des Sacrifices, & de beaucoup de ceremonies. Apparemment les Preftres fçavoient
manier

manier les Dez ; mais s'ils ne vouloient pas prendre cette peine, ils n'avoient qu'à les laisser aller, ils estoient toûjours maistres de l'explication.

Les Lacedemoniens allerent un jour consulter les Sorts de Dodone, sur quelque Guerre qu'ils entreprenoient ; car outre les Chesnes parlans, & les Colombes, & les Bassins, & l'Oracle, il y avoit encore des Sorts à Dodone. Aprés toutes les ceremonies faites, sur le point qu'on alloit jetter les Sorts avec beaucoup de respect & de veneration, voila un Singe du Roy de Molosses, qui estant entré dans le Temple, renversa les Sorts & l'Urne. La Prestresse effrayée dit aux Lacedemoniens qu'ils ne devoient

S

pas songer à vaincre, mais seulement à se sauver, & tous les * Ecrivains assurent que jamais Lacedemone ne receut un présage plus funeste.

Les plus celebres entre les Sorts estoient à Préneste & à Antium, deux petites Villes d'Italie. A Préneste estoit la Fortune, & à Antium les Fortunes.

Les Fortunes d'Antium avoient cela de remarquable, que c'étoient des Statuës qui se remuoient d'elles-mesmes, selon le témoignage de Macrobe, l. 1. ch. 23. & dont les mouvemens differens, ou servoient de Réponse, ou marquoient si l'on pouvoit consulter les Sorts.

* Ciceron l. 2. de la Divination.

Un paſſage de Ciceron au 2. l. de la Divination, où il dit que l'on conſultoit les Sorts de Préneſte par le conſentement de la Fortune, peut faire croire que cette Fortune ſçavoit auſſi remuer la teſte, ou donner quelque autre ſigne de ſes volontez.

Nous trouvons encore quelques Statuës qui avoient cette meſme proprieté. Diodore de Sicile, & Quinte-Curſe, diſent que Jupiter Hammon eſtoit porté par quatre-vingts Preſtres dans une eſpece de Gondole d'or, d'où pendoient des coupes d'argent, qu'il eſtoit ſuivy d'un grand nombre de Femmes & de Filles qui chantoient des Hymnes en langue du Païs, & que ce Dieu porté par ſes Preſtres, les conduifoit en leur marquant par quelques mouvemens, où il vouloit aller.

Le Dieu d'Heliopolis de Syrie, felon Macrobe, en faifoit autant. Toute la difference eftoit qu'il vouloit eftre porté par des Gens les plus qualifiez de la Province, qui euffent long-temps auparavant vefcu en continence, & qui fe fuffent fait rafer la tefte.

Lucien dans le Traité de la Déeffe de Syrie, dit qu'il a vû un Apollon encore plus miraculeux.; car eftant porté fur les épaules de fes Preftres, il s'avifa de les laiffer là, & de fe promener par les airs, & cela aux yeux d'un homme tel que Lucien, ce qui eft confiderable.

Je fuis fi las de découvrir les
fourberies des Preftres Payens,
& je fuis fi perfuadé auffi qu'on
eft las de m en entendre parler,
que je ne m'amuferay point à
dire comment on pouvoit faire joüer de pareilles. Marion-
nettes.

Dans l'Orient, les Sorts eftoient
des Fleches, & aujourd'huy encore les Turcs & les Arabes s'en
fervent de la mefme maniere.
Ezechiel dit que Nabuchodono-
for mêla fes fléches contre Am-
mon & Jerufalem, & que la flé-
che fortit contre Jerufalem. C'é-
toit-là une belle maniere de re-
foudre auquel de ces deux Peuples il feroit la Guerre.

Dans la Gréce & dans l'Italie on tiroit fouvent les Sorts de

quelque Poëte celebre, comme
Homere, ou Euripide, ce qui se
presentoit à l'ouverture du Livre
estoit l'Arrest du Ciel. L'Histoire
en fournit mille exemples.

On voit mesme que quelques
deux cens ans aprés la mort de
Virgile, on faisoit déja assez de
cas de ses Vers pour les croire
prophetiques, & pour les mettre
en la place des Sorts qui avoient
esté à Préneste. Car * Alexandre Severe, encore particulier, &
dans le temps que l'Empereur
Hellogabale ne luy vouloit pas
de bien, reçut pour réponse dans
le Temple de Préneste cet endroit de Virgile dont le sens est,
Si tu peux surmonter les Destins con-
traires, tu seras Marcellus.

* *Lampridius.*

Icy mon Auteur fe fouvient que
Rabelais a parlé des *Sorts Virgi-
lianes* que Panurge va confulter
fur fon mariage, & il trouve cet
endroit du Livre auffi fçavant
qu'il eft agreable & badin. Il dit
que les bagatelles & les fotifes de
Rabelais valent fouvent mieux
que les difcours les plus ferieux
des autres. Je n'ay point voulu
oublier cet éloge, parce que c'eft
une chofe finguliere de le ren-
contrer au milieu d'un Traité des
Oracles, plein de fcience & d'é-
rudition. Il eft certain que Rabelais avoit beaucoup d'efprit &
de lecture, & un art tres-parti-
culier de debiter des chofes fça-
vantes comme de pures fadaifes;
& de dire de pures fadaifes le
plus fouvent fans ennuyer. C'eft

dommage qu'il n'ait vêcu dans un Siecle qui l'euſt obligé à plus d'honneſteté & de politeſſe.

Les Sorts paſſerent juſque dans le Chriſtianiſme, on les prit dans les Livres Sacrez, au lieu que les Payens les prenoient dans leurs Poëtes. S. Auguſtin dans l'Epitre 119. à Januarius, paroiſt ne deſapprouver cet uſage que ſur ce qui regarde les affaires du Siécle. Gregoire de Tours nous apprend luy-même quelle eſtoit ſa pratique; il paſſoit pluſieurs jours dans le jeûne & dans la priere, enſuite il alloit au Tombeau de S. Martin, où il ouvroit tel Livre de l'Ecriture qu'il vouloit, & il prenoit pour la réponſe de Dieu, le premier paſſage qui s'offroit à ſes yeux. Si ce paſſage

ne

ne faisoit rien au sujet, il ouvroit un autre Livre de l'Ecriture.

D'autres prenoient pour Sort divin la premiere chose qu'ils entendoient chanter en entrant dant l'Eglise.

Mais qui croiroit que * l'Empereur Heraclius déliberant en quel lieu il feroit passer l'hyver à son Armée, se détermina par cette espece de Sort? Il fit purifier son Armée pendant trois jours, ensuite il ouvrit le Livre des Evangiles, & trouva que son quartier d'hyver luy estoit marqué dans l'Albanie. Estoit-ce là une affaire dont on pust esperer de trouver la décision dans l'Ecriture ?

L'Eglise est enfin venuë à bout

* Cedrenus.

T

d'exterminer cette superstition, mais il luy a fallu du temps. Du moment que l'erreur est en possession des esprits, c'est une merveille si elle ne s'y maintient toûjours.

SECONDE

DISSERTATION

Que les Oracles n'ont point cessé au temps de la Venuë de Jesus-Christ.

LA plus grande difficulté qui regarde les Oracles est surmontée, depuis que nous avons reconnu que les Demons n'ont point dû y avoir de part. Les Oracles estant ainsi deve-nus indifferens à la Religion Chrestienne, on ne s'interesse-ra plus à les faire finir précisé-ment à la Venuë de Jesus-Christ.

CHAPITRE I.

*Foiblesse des raisons sur lesquelles
cette Opinion est fondée.*

CE qui a fait croire à la pluspart des Gens que les Oracles avoient cessé à la Venuë de
Jesus-Christ, ce sont les Oracles
mesmes qui ont esté rendus sur
le silence des Oracles; & l'aveu
des Payens qui vers le temps de
Jesus-Christ disent souvent qu'ils
ont cessé.

Nous avons déja vû la fausseté, de ces prétendus Oracles
par lesquels un Demon devenu
muet, disoit luy-mesme qu'il
estoit muet. Ils ont esté, ou sup-
posez, par le trop de zele des
Chrestiens, ou trop facilement

reçûs par leur credulité.

Voicy un de ceux fur lef-
quels Eufebe fe fonde pour foûtenir que la Naiffance de Jefus-
Chrift les a fait ceffer. Il eft tiré
de Porphire, & Eufebe ne manque jamais à fe prévaloir autant
qu'il peut du témoignage de cet
ennemy.

*Je t'apprendray la verité fur les
Oracles & de Delphes & de Claros, difoit Apollon à fon Preftre. Autrefois il fortit du fein de
la terre une infinité d'Oracles, &
des Fontaines & des exhalaifons
qui infpiroient des fureurs divines. Mais la terre par les change-
mens continuels que le temps ame-
ne, a repris & fait rentrer en elle-
même & Fontaines, & exhalaifons,
& Oracles. Il ne refte plus que les*

T iij

eaux de Micale dans les Campagnes de Didime, & celles de Claros, & l'Oracle du Parnasse. Sur cela Eusebe conclut en general que tous les Oracles avoient cessé.

Il est certain qu'il y en a du moins trois d'exceptez selon cet Oracle qu'il rapporte luy-mesme ; mais il ne songe qu'à ce commencement qui luy est favorable, & ne s'inquiete point du reste.

Mais cet Oracle de Porphire nous dit-il quand tous ces autres Oracles avoient cessé ? point du tout. Eusebe veut l'entendre du temps de la Venuë de Jesus-Christ. Son zéle est loüable, mais sa maniere de raisonner ne l'est pas tout-à fait.

Et quand mesme l'Oracle de Porphire parleroit du temps de Jesus-Christ, il s'enfuivroit qu'alors plusieurs Oracles cesserent, mais qu'il en resta pourtant encore quelques-uns.

Eusebe a peut-estre crû que cette exception n'estoit rien, & qu'il suffisoit que le plus grand nombre d'Oracles eust cessé; mais cela ne va pas ainsi. Si les Oracles ont esté rendus par des Demons, que la Naissance de Jesus-Christ ait condamnez au silence, nul Demon n'a esté privilegié. Qu'il soit resté un seul Oracle aprés Jesus-Christ, il ne m'en faut pas davantage, ce n'est point sa Naissance qui a fait taire les Oracles. C'est icy un de ces cas où la

T iiij

moindre exception ruïne la pro-
pofition generale.

Mais peut-eftre les Démons à
la Naiffance de Jefus-Chrift ont
ceffé de rendre des Oracles, &
les Oracles n'ont pas laiffé de
continuër, parce que les Preftres
les ont contrefaits.

Cette fuppofition feroit fans
aucun fondement. Je prouveray
que les Oracles ont duré quatre cens ans aprés Jefus-Chrift;
on n'a remarqué aucune difference entre ces Oracles, qui ont
fuivy la Naiffance de Jefus-
Chrift, & ceux qui l'avoient pré-
cedée. Si les Preftres ont fi bien
fourbé pendant quatre cens ans,
pourquoy ne l'ont-ils pas toûjours
fait?

Un des Auteurs Payens qui a le

plus fervy a fait croire que les Oracles avoient cessé à la Venuë de Jesus-Chrift. C'eft Plutarque. Il vivoit quelque cent ans aprés Jesus-Chrift, & il a fait un Dialogue fur les Oracles qui avoient cessé. Bien des Gens fur ce titre feul ont formé leur opinion, & pris leur party. Cependant Plutarque excepte pofitivement l'Oracle de Lébadie, c'eft-à-dire de Trophonius, & celuy de Delphes, où il dit qu'il faloit anciennement deux Preftreffes, bien fouvent trois, mais qu'alors c'eftoit affez d'une. Du refte il avoüe que les Oracles eftoient taris dans la Beotie, qui en avoit efté autrefois une fource tres-féconde.

Tout cela prouve la cessation

de quelques Oracles, & la dimi-
nution de quelques autres, mais
non pas la ceſſation entiere de
tous les Oracles, ce qui ſeroit
pourtant abſolument neceſſaire
pour le Siſtême commun.

Encore l'Oracle de Delphes
n'eſtoit-il pas ſi fort déchû du
temps de Plutarque ; car luy-
meſme dans un autre Traité nous
dit que le Temple de Delphes
eſtoit plus magnifique qu'on ne
l'avoit jamais vû, qu'on en a-
voit relevé d'anciens Baſtimens
que le temps commençoit à ruïner, & qu'on y en avoit ajoûté
d'autres tout modernes, que meſme on voyoit une petite Ville qui
s'eſtant formée peu à peu auprés de Delphes, en tiroit ſa nour-
riture comme un petit arbre qui

pouſſe au pied d'un grand, & que cette petite Ville eſtoit parvenuë à eſtre plus conſiderable qu'elle n'avoit eſté depuis mille ans. Mais dans ce Dialogue meſme des Oracles qui ont ceſſé, Demetrius Cilicien, l'un des Interlocuteurs, dit qu'avant qu'il commençaſt ſes Voyages, les Oracles d'Amphilocus & de Mopſus en ſon Païs eſtoient auſſi floriſſans que jamais; que veritablement depuis qu'il en eſtoit party, il ne ſçavoit pas ce qui leur pouvoit eſtre arrivé.

Voilà ce qu'on trouve dans ce Traité de Plutarque auquel je ne ſçay combien de gens ſçavans vous renvoyent pour vous prouver que les Oracles ont ceſſé à la Venuë de Jeſus Chriſt.

Icy mon Auteur prétend qu'on
eſt tombé auſſi dans une mépri-
ſe groſſiere, ſur un paſſag du 2. l.
de la Divination. Ciceron ſe
mocque d'un Oracle qu'on diſoit qu'Apollon avoit rendu en
Latin à Pirrhus qui le conſul-
toit ſur la Guerre qu'il alloit
faire aux Romains. Cet Oracle
eſt équivoque ; de ſorte qu'on ne
ſçait s'il veut dire que Pirrhus
vaincra les Romains, ou que les
Romains vaincront Pirrhus. L'é-
quivoque eſt attachée à la con-
ſtruction de la Phraſe Latine,
& nous ne la ſçaurions rendre
en François. Voicy les propres
termes de Ciceron ſur cet O-
racle.

Premierement, dit - il, *Apollon
n'a jamais parlé Latin. Seconde-*

ment les Grecs ne connoiſſent point
cet Oracle. Troiſiémement Apollon
du temps de Pirrhus avoit déja ceſſé
de faire des Vers. Enfin, quoy que
les Eacides, de la famille deſquels
eſtoit Pirrhus, ne fuſſent pas Gens
d'un eſprit bien fin, ny bien péne-
trant, cependant l'équivoque de
l'Oracle eſtoit ſi manifeſte, que Pirrhus euſt dû s'en appercevoir .....
mais ce qui eſt le principal, pourquoy y a-t-il déja long temps qu'il
ne ſe rend plus d'Oracles à Delphes de cette ſorte, ce qui fait
qu'il n'y a preſentement rien de
plus mépriſé?

C'eſt ſur ces dernieres paroles
que l'on s'eſt fondé, pour dire
que du temps de Ciceron il ne
ſe rendoit plus d'Oracles à Delphes.

Mon Auteur dit qu'on se trompe, & que ces mots, *pourquoy ne se rend-t-il plus d'Oracles de cette sorte*, marquent bien que Ciceron ne parle que des Oracles en Vers, puisqu'il estoit alors question d'un Oracle renfermé en un Vers.

Je ne sçay s'il faut estre tout-à-fait de son avis; car voicy comme Ciceron continuë immediatement. *Icy quand on presse les Défenseurs des Oracles, ils répondent que cette vertu qui estoit dans l'exhalaison de la terre, & qui inspiroit la Pithie, s'est évaporée avec le temps. Vous diriez qu'ils parlent de quelque vin qui a perdu sa force. Quel temps peut consumer ou épuiser une vertu toute divine? Or qu'y a-t-il de plus divin*

qu'une exhalaison de la terre qui
fait un tel effet sur l'ame, qu'elle
luy donne & la connoissance de l'a-
venir, & le moyen de s'en expliquer
en Vers?

Il me semble que Ciceron entend que la vertu toute entiere
avoit cessé, & il eust bien vû
qu'il en eust toûjours dû de-
meurer une bonne partie, quand
il ne se fust plus rendu à Delphes que des Oracles en Prose.
N'est-ce donc rien qu'une Pro-
phetie, à moins qu'elle ne soit
en Vers?

Je ne croy pas qu'on ait eu
tant de tort de prendre ce passage pour une preuve de la cessation entiere de l'Oracle de Delphes; mais on a eu tort de prétendre en tirer avantage pour at-

tribuer cette ceſſation à la Naiſſance de Jeſus-Chriſt. L'Oracle
a ceſſé trop toſt, puiſque ſelon
ce paſſage, il avoit ceſſé long-
temps avant Ciceron.

Mais il n'eſt pas vray que la
choſe ſoit comme Ciceron paroiſt l'avoir entenduë en cet
endroit. Luy-meſme au 1. l. de
la Divination fait parler en ces
termes Quintus ſon frere, qui
ſoûtient les Oracles. *Je m'arreſte
ſur ce point. Jamais l'Oracle de Delphes n'euſt eſté ſi celebre, & jamais il n'euſt reçû tant d'Offrandes
des Peuples & des Rois, ſi de tout
temps on n'euſt reconnu la verité
de ſes Predictions. Il n'eſt pas ſi
celebre preſentement. Comme il l'eſt
moins, parce que ſes Predictions ſont
moins vrayes, jamais ſi elles n'euſſent*

sent esté extrêmement vrayes, il n'eust esté celebre au point qu'il l'a esté.

Mais ce qui est encore plus fort, Ciceron mesme, à ce que dit Plutarque dans sa vie avoit dans sa jeunesse consulté l'Oracle de Delphes, sur la conduite qu'il devoit tenir dans le monde, & il luy avoit esté répondu qu'il suivist son genie plûtost que de se regler sur les opinions vulgaires. S'il n'est pas vray que Ciceron ait consulté l'Oracle de Delphes, il faut du moins que du temps de Ciceron on le consultast encore.

V

CHAPITRE II.

Pourquoy les Auteurs Anciens se contredisent souvent sur le tems de la cessation des Oracles.

D'Où vient donc, dira-t-ton, que Lucain au 5. l. de la Pharsale, parle en ces termes de l'Oracle de Delphes ? *L'Oracle de Delphes qui a gardé le silence, depuis que les Grands ont redouté l'avenir, & ont défendu aux Dieux de parler, est la plus considerable de toutes les faveurs du Ciel que nostre Siecle a perduës.* Et peu aprés, *Appius qui vouloit sçavoir quelle seroit la destinée de l'Italie, eut la hardiesse d'aller in-*

terroger cette caverne depuis si long-
temps muette, & d'aller remuer ce
Trepié oisif depuis si long temps.

D'où vient que Juvenal dit en
un endroit , *puisque l'Oracle ne*
parle plus à Delphes ?

D'où vient enfin que parmy
les Auteurs d'un mesme temps
on en trouve qui disent que l'O-
racle de Delphes ne parle plus,
d'autres qui disent qu'il parle encore ? & d'où vient que quelquefois un mesme Auteur se contredit sur ce chapitre?

C'est qu'assurément les Oracles n'estoient plus dans leur ancienne vogue , & qu'aussi ils n'é-
toient pas encore tout-à-fait
ruinez. Ainsi par rapport à ce
qu'ils avoient esté autrefois , ils
n'estoient plus rien ; & en effet,

ils ne laiſſoient pourtant pas d'ê-
tre encore quelque choſe.

Il y a plus. Il arrivoit qu'un
Oracle eſtoit ruiné pour un
temps, & qu'enſuite il ſe relevoit;
car les Oracles eſtoient ſujets à
diverſes avantures. Il ne les faut
pas croire aneantis, du moment
qu'on les voit muets; ils pour-
ront reprendre la parole.

Plutarque dit qu'anciennement un Dragon qui s'eſtoit venu loger ſur le Parnaſſe, avoit fait
deſerter l'Oracle de Delphes;
qu'on croyoit communément
que c'eſtoit la ſolitude qui y
avoit fait venir le Dragon, mais
qu'il y avoit plus d'apparence
que le Dragon y avoit cauſé la
ſolitude; que depuis la Grèce
s'eſtoit remplie de Villes, &c.

Vous voyez que Plutarque vous parle d'un temps affez éloigné. Ainfi l'Oracle depuis fa naiffance avoit déja efté abandonné une fois, enfuite il eft feur qu'il s'eftoit merveilleufement bien rétably.

Aprés cela le Temple de Delphes effuya diverfes fortunes. Il fut pillé par un Brigand defcendu de Phlegias, par l'Armée de Xerxés, par les Phocenfes , par Pirrhus, par Neron, enfin par les Chreftiens fous Conftantin. Tout cela ne faifoit pas de bien à l'Oracle , les Preftres eftoient ou maffacrez, ou difperfez; on abandonnoit le lieu, les uftenciles facrées eftoient perduës, il faloit des foins, des frais, & du temps pour remettre l'Oracle fur pied.

Il se peut donc faire que Ciceron ait pendant sa jeunesse consulté l'Oracle de Delphes; que pendant la Guerre de Cesar & de Pompée, & dans ce desordre general de l'Univers, l'Oracle ait esté muet, comme le veut Lucain; qu'enfin aprés la fin de cette Guerre, lors que Ciceron écrivoit ses Livres de Philosophie, il commençast à se rétablir assez pour donner lieu à Quintus de dire qu'il estoit encore au monde, & assez peu pour donner lieu à Ciceron de supposer qu'il n'y estoit plus.

Quand Dorimaque, au rapport de Polibe, brûla les Portiques du Temple de Dodone, renversa de fond en comble le lieu sacré de l'Oracle, pilla ou ruïna toutes les Offrandes, un Auteur de ce temps-là auroit bien pû dire que l'Oracle de Dodone ne parloit plus. Cela n'empefcheroit pas que dans le Siecle fuivant on ne trouvaſt un autre Auteur qui en rapporteroit quelque réponſe.

CHAPITRE III.

Hiſtoire de la durée de l'Oracle de Delphes & de quelques autres Oracles.

NOus ne ſçaurions mieux prouver que vers le temps de la Naiſſance de Jeſus-Chriſt, où l'on parle tant du ſilence de l'Oracle de Delphes, il n'avoit pas ceſſé tout-à-fait, mais eſtoit ſeulement interrompu, qu'en rapportant toutes les occaſions differentes, où l'on trouve depuis ce temps-là qu'il a parlé.

Suetone, dans la Vie de Neron, dit que l'Oracle de Delphes l'avertit qu'il ſe donnaſt de garde des 73. ans ; que Neron crut qu'il ne devoit mourir qu'à cet âge là, & ne ſongea point au vieux Galba, qui eſtant âgé de 73. ans luy oſta l'Empire. Cela le perſuada ſi fort de ſon bonheur, qu'ayant perdu par un naufrage des choſes d'un tres-grand prix, il ſe vanta que les poiſſons les luy rapporteroient.

Il faloit qu'il euſt reçû du même Oracle de Delphes quelque ré-

réponse qui luy parut moins agréable, ou qu'il ne se contentast plus d'estre destiné à vivre 73. ans, *lors qu'il osta aux Prestres de Delphes les Champs de Cirrhe pour les donner à des Soldats; qu'il enleva du Temple plus de 500. Statuës soit d'hommes, soit de Dieux, toutes de bronze; & que pour profaner, ou pour abolir à jamais l'Oracle, il fit égorger des hommes à l'ouverture de la Caverne sacrée d'où sortoit l'esprit divin.

Que l'Oracle aprés une telle avanture ait esté muet jusqu'au temps de Domitien, en sorte que Juvenal ait pû dire alors que Delphes ne parloit plus, cela n'est pas merveilleux.

*Dion Cassius, Pausanius.

X

Cependant il ne faut pas qu'il ait esté tout-à-fait muet depuis Neron jusqu'à Domitien, car voicy comme parle Philostrate dans la Vie d'Apollonius de Tyane qui a vû Domitien. *Apollonius visita tous les Oracles de la Grece, & celuy de Dodone, & celuy de Delphes, & celuy d'Amphiaraüs*, &c. Ailleurs il parle encore ainsi. *Vous pouvez voir l'Apollon de Delphes, illustre par les Oracles qu'il rend au milieu de la Grece. Il répond à ceux qui le consultent, comme vous le sçavez vous-mesme, en peu de paroles, & sans accompagner sa réponse de prodiges, quoy qu'il luy fust fort aisé de faire trembler le Parnasse, d'arrester la course de Cephise, & de changer les eaux de Castalie en vin. Il vous dit simplement la verité, & ne s'amuse point à faire une montre inutile de son pouvoir.* Il est assez plaisant que Philostrate pretende faire valoir son Apollon, parce qu'il n'estoit pas grand faiseur de miracles Il pourroit y avoir en cet endroit-là quelque venin contre les Chrétiens.

Nous avons vû comment du temps de Plutarque, qui vivoit sous Trajan, cet Oracle estoit encore sur pied, quoy que réduit à à une seule Prestresse, aprés en avoir eu deux ou trois. Sous Adrien, Dion Chrysostome dit qu'il consulta l'Oracle de Delphes, & il en rapporte une réponse qui luy parut assez embarassée, & qui l'est effectivement.

X ij

Sous les Antonius, Lucien dit qu'un Prestre de Tyane alla demander à ce faux Prophete A-lexandre si les Oracles qui se rendoient alors à Didime, à Claros, & à Delphes, estoient veritablement des réponses d'Apollon, ou des impostures. Alexandre eut des égards pour ces Oracles qui estoient de la nature du sien, & répondit au Prestre qu'il n'estoit pas permis de sçavoir cela. Mais quand cet habile Prêtre demanda ce qu'il seroit aprés sa mort, on luy répondit hardiment, *Tu seras Chameau, puis Cheval, puis Philosophe, puis Prophete aussi grand qu'Alexandre.*

Aprés les Antonius, trois Empereurs se disputerent l'Empire,

Severus Septimus, Pescennius Niger, Clodius Albinus. *On confulta Delphes*, dit Spartien, *pour fçavoir lequel des trois la Republique devoit fouhaiter, & l'Oracle répondit en un Vers, le Noir eft le meilleur, l'Affricain eft bon, le Blanc eft le pire.* Par le Noir on entendoit Pescennius Niger, par l'Affricain, Severe qui eftoit d'Affrique, & par le Blanc, Clodius Albinus. On demanda enfuite qui demeureroit le Maiftre de l'Empire; & il fut répondu : *On verfera le fang du Blanc & du Noir, l'Affricain gouvernera le monde.* On demanda encore combien de temps il gouverneroit, & il fut répondu: *Il montera fur la Mer d'Italie avec vingt Vaiffeaux, fi cependant un Vaiffeau peut traverser la Mer;* par où l'on entendit que Severe regneroit vingt ans. Il est vray que l'Oracle se reservoit une restriction obscure pour se pouvoir sauver en cas de besoin ; mais enfin dans le temps que Delphes estoit le plus florissant, il ne s'y rendoit pas de meilleurs Oracles que ceux là.

On trouve cependant que Clement Alexandrin dans son Exhortation aux Gentils, qu'il a composée, ou sous Severe, ou à peu prés en ce temps-là , dit nettement que la Fontaine de Castalie qui appartenoit à l'Oracle de Delphes , & celle de Colophon , & toutes les autres Fontaines Prophetiques avoient enfin , quoy que tard, perdu leurs vertus fabuleufes.

Peut-eftre en ce temps-là ces
Oracles tomberent-ils dans un
de ces filences aufquels ils eftoient devenus fujets par inter-
valles ; peut-eftre, parce qu'ils
n'eftoient plus gueres en vogue,
Clement Alexandrin aimoit - il
autant dire qu'ils ne fubfiftoient
plus du tout.

Il eft toûjours certain que fous
Conftantius pere de Conftantin,
& pendant la jeuneffe de Conftantin, Delphes n'eftoit pas encore ruiné, puis qu'Eufebe fait
dire à Conftantin dans fa Vie,
que le bruit couroit alors qu'A-
pollon avoit rendu un Oracle,
non par la bouche d'une Preftreffe, mais du fond de fon ob-
fcure Caverne, par lequel il di-

soit que les hommes justes qui estoient en terre, estoient cause qu'il ne pouvoit plus dire vray. Voilà un plaisant aveu. De plus, il faloit que l'Oracle de Delphes fust alors bien miserable, puis qu'on en avoit retranché la dépense d'une Prestresse.

Il reçut un terrible coup sous Constantin qui commanda ou qui permit que l'on pillast Delphes. *Alors*, dit Eusebe dans la Vie de Constantin, *on produisit aux yeux du Peuple dans les Places de Constantinople, ces Statuës dont l'erreur des hommes avoit fait si long-temps des objets de veneration & de culte. Icy l'Apollon Pithien; là le Sminthien, les Trepiez dans le Cirque, & les Muses Heliconides dans le Palais furent ex-*

poſez aux railleries de tout le monde.

L'Oracle de Delphes ſe releva pourtant encore une fois. L'Empereur Julien * l'envoya conſulter ſur l'Expedition qu'il méditoit contre les Perſes. Si l'Oracle de Delphes a eſté plus loin, du moins nous ne pouvons pas pouſſer plus loin ſon Hiſtoire. Il n'en eſt plus parlé dans les Livres ; mais en effet, il y a bien de l'apparence que c'eſt là le temps où il ceſſa, & que ſes dernieres paroles s'adreſſerent à l'Empereur Julien , qui eſtoit ſi zelé pour le Paganiſme. Je ne ſçay pas trop bien comment de grands hommes ont pû mettre Auguſte en la place de Julien , & a-

* *Theodoret.*

vancer hardiment que l'Oracle de Delphes avoit finy par la réponfe qu'il avoit renduë à Augufte fur l'Enfant Hebreu.

Quelques Auteurs * modernes qui ont trouvé cet Oracle digne d'une fin éclatante, luy en ont fait une. Ils ont lû dans Sofoméne & dans Theodoret, que fous Julien, le feu avoit pris au Temple d'Apollon qui eftoit dans un Fauxbourg d'Antioche appellé Daphné, fans qu'on euft pû découvrir l'Auteur, ou la caufe de cet incendie; que les Payens en accufoient les Chreftiens, & que les Chreftiens l'attribuoient à un foudre lancé de la main de Dieu. A la verité Theodoret dit que le Ton-

* *Melanchton P. Peucer, Boiffard. Hofpinion*

nerre eſtoit tombé ſur ce Temple ; mais Soſoméne n'en parle
point. Ces modernes ſe font avi-
ſez de tranſporter cet évenement au Temple de Delphes
qui eſtoit fort éloigné de là, &
de dire que par une juſte van-
geance de Dieu les foudres l'a-
voient renverſé au milieu d'un
grand Tremblement de terre.
Ce Tremblement de terre dont
ny Soſoméne, ny Theodoret ne
parlent dans l'incendie meſme
de Daphné, a eſté mis là pour
tenir compagnie aux foudres, &
pour honorer l'avanture.

   Ce ſeroit une choſe ennuyeu-
ſe de faire l'Hiſtoire de la durée
de tous les autres Oracles depuis la Naiſſance de Jeſus-Chriſt,
il ſuffira de marquer en quels

temps on trouve que quelques-
uns des principaux ont parlé
pour la derniere fois, & souve-
nez-vous toûjours que ce n'est
pas à dire qu'ils ayent effectivement parlé pour la derniere fois,
dans la derniere occasion où les
Auteurs nous apprennent qu'ils
ayent parlé.

Dion qui ne finit son Histoire
qu'à la huitiéme année d'Alexandre Severe, c'est-à-dire l'an
230. de Jesus-Christ, dit que de
son temps Amphilocus rendoit
encore des Oracles en Songe. Il
nous apprend aussi qu'il y avoit
dans la Ville d'Apollonie un
Oracle où l'avenir se declaroit
par la maniere dont le feu prenoit à l'encens qu'on jettoit sur
un Autel. Il n'estoit permis de

faire à cet Oracle des Questions
ny de mort, ny de mariage.
Ces restrictions bizarres estoient
quelquefois fondées sur l'Histoire particuliere du Dieu qui avoit
eu sujet pendant sa vie de prendre de certaines choses en aver-
sion; je croy aussi qu'elles pouvoient venir quelquefois du mauvais succés qu'avoient eu les réponses de l'Oracle sur de certaines matieres.

* Sous Aurelien, vers l'an de
Jesus - Christ 272. les Palmire-
niens revoltez consulterent un
Oracle d'Apollon Sarpédonien
en Cilicie. Ils consulterent encore celuy de Venus Aphacite,
dont la forme estoit assez singu-
liere pour meriter d'estre rap-

* Zozime.

portée icy. Aphaca eſt un lieu entre Heliopolis & Bible. Auprés
du Temple de Venus eſt un Lac
ſemblable à une Citerne. A de
certaines Aſſemblées que l'on y
fait dans des temps reglez, on
voit dans ces lieux-là un feu en
forme de globe ou de lampes, &
ce feu, dit Zoſime, s'eſt vû juſqu'à noſtre temps, c'eſt - à - dire
juſques vers l'an de Jeſus-Chriſt
400. On jette dans le Lac des
Preſens pour la Déeſſe, il n'importe de quelle eſpece ils ſoient.
Si elle les reçoit, ils vont au
fonds ; ſi elle ne les reçoit pas,
ils ſurnagent, fuſt-ce de l'argent
ou de l'or. L'année qui préceda
la ruine des Palmiréniens, leurs
Preſens allerent au fond, mais
l'année ſuivante tout ſurnagea.

* Licinius ayant deſſein de recommencer la Guerre contre Conſtantin, conſulta l'Oracle d'Apollon de Didime; & en eut pour réponſe deux Vers d'Homere dont le ſens eſt, *Malheureux Vieillard, ce n'eſt point à toy à combattre contre les jeunes Gens, tu n'as point de forces, & ton âge t'accable.*

* Un Dieu aſſez inconnu, nommé Beſa, rendoit encore des Oracles ſur des Billets à Abide, dans l'extremité de la Thebaïde, ſous l'Empire de Conſtantius; car on envoya à cet Empereur des Billets qui avoient eſté laiſſez dans le Temple de Beſa, ſur leſquels il commença à faire des informations

* *Soſomene. 2. Ammian. Marcelin.*

tres-rigoureuses, & jetta dans ces prisons, ou envoya en exil, ou fit tourmenter cruellement un assez grand nombre de personnes. C'est que par ces Billets on consultoit le Dieu sur la destinée de l'Empire, ou sur la durée que devoit avoir le Regne de Constantius, ou mesme sur le succés de quelque dessein que l'on formoit contre luy.

Enfin Macrobe qui vivoit sous Arcadius & Honorius, Fils de Theodose, parle du Dieu d'Heliopolis de Sirie & de son Oracle, & des Fortunes d'Antium, en des termes qui marquent positivement que tout cela subsistoit encore de son temps.

Remarquez qu'il n'importe pour nostre dessein que toutes
ces

ces Histoires, soient vrayes, ny
que ces Oracles ayent effectivement rendu les réponses qu'on
leur attribuë. On n'a pû attribuer de fausses réponses qu'à des
Oracles que l'on sçavoit qui subsistoient encore effectivement, &
les Histoires que tant d'Auteurs
en ont débitées prouvent du
moins que l'on ne croyoit pas
qu'ils eussent cessé.

CHAPITRE IV.

Cessation generale des Oracles avec celle du Paganisme.

EN general les Oracles
n'ont cessé qu'avec le Paganisme, & le Paganisme ne ces-
sa pas à la Venuë de Jesus-Christ.

Y

Conftantin abatit peu de Temples, encore n'ofa-t-il les abatre qu'en prenant le prétexte des crimes qui s'y commet-toient. C'eft ainfi qu'il fit renverfer celuy de Venus * Aphacite, & celuy d'Efculape qui eftoit à * Eges en Cilicie, tous deux Temples à Oracles. Mais il * défendit que l'on facrifiaft aux Dieux, & commença à rendre par cet Edit les Temples inutiles.

On trouve des Edits de Conftantius & de Julien, alors Céfars, par lefquels toute Divination eft défenduë fur peine de la vie, non-feulement celle des Aftrologues, & des Interpretes de Songes, & des Magiciens; mais auffi

* Zozime 2. Eufebe, vie de Conft. 3. Theodoret.

celle des Augures & des Aruspices, ce qui donnoit une grande atteinte à la Religion des Romains. Il est vray que les Empereurs avoient un interest particulier à défendre toutes les Divinations, parce qu'on ne faisoit autre chose que s'enquerir de leur destinée, & principalement des Successeurs qu'ils devoient avoir, & tel se révoltoit & prétendoit à l'Empire, pour avoir esté flaté par un Devin.

Nous avons vû qu'il restoit encore beaucoup d'Oracles, lors que Julien se vit Empereur; mais de ceux qui estoient ruïnez, il s'appliqua à en rétablir le plus qu'il put. Celuy du Fauxbourg de Daphné, par exemple, avoit esté détruit par Adrien, qui

* pendant qu'il eſtoit encore particulier, ayant trempé une feüille dans la Fontaine Caſtalien-
ne (car il y en avoit une de ce
nom à Daphné auſſi-bien qu'à
Delphes) avoit trouvé ſur cette
feüille en la retirant de l'eau,
l'Hiſtoire de ce qui luy devoit
arriver, & des avis de ſonger à
l'Empire. Il craignit, quand il
fut Empereur, que cet Oracle ne
donnaſt le meſme conſeil à quelque autre, & il fit jetter dans la
Fontaine Sacrée une grande
quantité de pierres dont on la
boucha. Il y avoit beaucoup
d'ingratitude dans ce procedé;
mais Julien * r'ouvrit la Fontaine, il fit oſter d'alentour les
Corps qui y eſtoient enterrez, &
purifia le lieu de la meſme ma-

* 1. Soſomene. 2. Ammian. Marcellin.

niere ; dont les Atheniens a-
voient autrefois purifié l'Ifle de
Delos.

Julien fit plus. Il voulut eftre
Prophete de l'Oracle de Didime. C'eftoit le moyen de remettre en horreur la Prophe-
tie qui n'eftoit plus guere efti-
mée. Il eftoit Souverain Pontife,
puis qu'il eftoit Empereur, mais
les Empereurs n'avoient pas coûtume de faire grand ufage de
cette Dignité Sacerdotale. Pour
luy, il prit la chofe bien plus ferieufement, & nous voyons dans
une de fes Lettres qui font venuës jufqu'à nous, qu'en qualité de Souverain Pontife, il défend à un Preftre Payen de faire pendant trois mois aucune
fonction de Preftre. La Lettre

qu'il écrivit à Arface, Pontife de
la Galatie, nous apprend de
quelle maniere il fe prenoit à faire refleurir le Paganifme. Il fe
felicite d'abord des grands effets
que fon zéle a produits en fort
peu de temps. Il juge que le
meilleur fecret pour rétablir le
Paganifme, eft d'y tranfporter
les vertus du Chriftianifme, la
Charité pour les Etrangers, le
foin d'enterrer les Morts, & la
Sainteté de vie que les Chrétiens, dit-il, feignent fi bien. Il
veut que ce Pontife, par raifon
ou par menaces, oblige les Prêtres de Galatie à vivre réguliere-
ment, à s'abftenir des Spectacles,
& des Cabarets, à quitter tous
les emplois bas ou infames, à s'a-
donner uniquement avec toute

leur famille au culte des Dieux,
& à avoir l'œil fur les Galiléens
pour réprimer leurs impietez &
leurs profanations. Il remarque
qu'il eft honteux que les Juifs &
les Galiléens nourriffent non-feulement leurs pauvres, mais ceux
des Payens, & que les Payens
abandonnoient les leurs, & ne fe
fouvenoient plus que l'hofpita-
lité & la liberalité font des
vertus qui leur font propres,
puis qu'Homere fait ainfi parler
Eumée. *Mon Hofte, quand il me*
viendroit quelqu'un moins confide-
rable que toy, il ne me feroit pas
permis de ne le point recevoir.
Tous viennent de la part de Jupiter
& eftrangers & pauvres. Je don-
ne peu, mais je donne avec joye.
Enfin, il dit quelles diftributions

il a ordonné que l'on fasse tous
les ans aux pauvres de la Galatie,
& il commande à ce Pontife de
faire baftir dans chaque Ville
plufieurs Hofpitaux, où foient
reçûs non-feulement les Payens,
mais auffi les autres. Il ne veut
point que le Pontife aille fouvent voir les Gouverneurs chez
eux, mais feulement qu'il leur
écrive, & que les Preftres ail-
lent au-devant d'eux quand ils
entrent dans les Villes, mais
feulement quand ils viennent
aux Temples; encore ne veut-il
pas qu'on les aille recevoir plus
loin que le Veftibule. Il défend
à ces Gouverneurs, dans cette
occafion de faire marcher devant eux des Soldats, parce
qu'alors ils ne font que des perfonnes

sonnes privées, mais il permet
aux Soldats de les suivre s'ils veulent.

Avec ces soins, & cette imitation du Christianisme, Julien,
s'il eust vêcu, eust apparemment
retardé la ruine de sa Religion,
mais Dieu ne luy laissa pas achever deux années de Regne.

Jovien qui luy succeda commençoit à se porter avec zéle à
la destruction du Paganisme,
mais en sept mois qu'il regna, il ne
put pas faire de grands progrés.

Valens qui eut l'Empire d'Orient, permit à chacun d'adorer
tels Dieux qu'il voudroit, & prit
plus à cœur de soûtenir l'Arianisme que le Christianisme mesme. * Aussi pendant son Regne

* Cedrenus.

Z

on immoloit publiquement, &
on faiſoit publiquement des ré-
pas de Victimes immolées. Ceux
qui eſtoient initiez aux Miniſteres
de Bachus les celebroient ſans
crainte ; ils couroient avec des
Boucliers , déchiroient des
Chiens , & faiſoient toutes les
extravagances que cette dévo-
tion demandoit.

Valentinien ſon frere qui eut
l'Occident, fut plus zélé pour
la gloire du Chriſtianiſme, cependant ſa conduite ne fut pas
auſſi ferme qu'elle euſt dû eſtre.
Il avoit fait une Loy par laquelle
il défendoit toutes les cérémonies nocturnes. Prétextatus, Pro-
conſul de la Grece, luy repreſen-
ta qu'en oſtant aux Grecs ces
cérémonies auſquelles ils étoient

trés-attachez, on leur rendoit
la vie tout-à-fait défagréable.
Valentinien fe laiffa toucher, &
confentit que fans avoir d'égard
à fa Loy on pratiquaft les anciennes coûtumes. Il eft vray que
c'eft Zofime, un Payen, de qui
nous tenons cette Hiftoire; on
peut dire qu'il l'a fuppofée pour
donner à croire que les Empereurs confideroient encore les
Payens. On peut répondre auffi que Zofime, dans l'eftat où
eftoient les affaires de fa Religion, devoit eftre plûtoft d'humeur à fe plaindre du mal qu'on
ne luy faifoit pas, qu'à fe loüer
d'une grace qu'on ne luy auroit
pas faite.

Ce qui eft conftant, c'eft que
l'on a des infcriptions & de Ro-

me & d'autres Villes d'Italie, par lesquelles il paroist que sous l'Empire de Valentinien des personnes de grande consideration firent les Sacrifices nommez Taurobolia & Criobolia, c'est-à-dire Aspersion de sang de Taureau, ou de sang de Belier. Il semble mesme par la quantité des Inscriptions que cette cérémonie ait esté principalement à la mode du temps de Valentinien, & des deux autres Empereurs du mesme nom.

Comme elle est une des plus bizarres, & des plus singulieres du Paganisme, je croy qu'on ne sera pas fasché de la connoistre. Prudence qui pouvoit l'avoir vûë, nous la décrit assez au long.

On creufoit une foffe affez
profonde, où celuy pour qui fe
devoit faire la ceremonie def-
cendoit avec des bandelettes facrées à la tefte, avec une Couronne ; enfin avec tout un équipage myfterieux. On mettoit fur
la foffe un couvercle de bois
percé de quantité de trous. On
amenoit fur ce couvercle un
Taureau couronné de fleurs, &
ayant les cornes & le front orné
de petites lames d'or. On l'égor-
geoit avec un coûteau facré ; fon
fang couloit par ces trous dans
la foffe, & celuy qui y eftoit, le
recevoit avec beaucoup de refpect ; il y prefentoit fon front,
fes joües, fes bras, fes épaules,
enfin toutes les parties de fon
corps & tafchoit à n'en laiffer.

Z iij

pas tomber une goutte ailleurs que fur luy. Enfuite il fortoit de là hideux à voir, tout foüillé de ce fang, fes cheveux, fa barbe, fes habits tout dégoutans, mais auffi il eftoit purgé de tous fes crimes, & regeneré pour l'Eternité; car il paroift pofitivement par les Infcriptions, que ce Sacrifice eftoit pour ceux qui le recevoient, une Regeneration myftique & éternelle.

Il faloit le renouveller tous les vingt ans, autrement il perdoit cette force qui s'étendoit dans tous les Siecles à venir.

Les femmes recevoient cette regeneration auffi-bien que les hommes. On y affocioit qui l'on vouloit, & ce qui eft encore plus remarquable, des Villes entieres la recevoient par Deputez.

Quelquefos on faifoit ce Sacrifice pour le falut des Empereurs. Des Provinces faifoient leur cour d'envoyer un homme fe barboüiller, en leur nom, de fang de Taureau, pour obtenir à l'Empereur une longue & heureufe vie. Tout cela eft clair par les Infcriptions.

Nous voicy enfin fous Theodofe & fes Fils, à la ruine entiere du Paganifme.

Theodofe commença par l'Egypte où il fit fermer tous les Temples. Enfuite il alla jufqu'à faire abattre celuy de Serapis le plus fameux de toute l'Egypte.

Selon Strabon, il n'y avoit rien de plus gay dans toute la Religion Payenne que les Pele-

rinages qui-fe faifoient à Serapis.
Vers le temps de certaines Fê-
tes, dit-il, on ne fçauroit croire
la multitude de gens qui defcen-
dent fur un Canal d'Alexandrie
àCanope. où eft ce Temple. Jour
& nuit ce ne font que Bateaux
pleins d'hommes & de femmes,
qui chantent & qui danfent a-
vec toute la liberté imaginable.
A Canope il y a fur le Canal une
infinité d'Hoftelleries qui fervent à retirer ces Voyageurs,
& à favorifer leurs divertiffe-
mens.

Auffi le Sophifte Eunapius,
Payen, paroift avoir grand regret
au Temple de Serapis, & nous
en décrit la fin malheureufe a-
vec affez de bile. Il dit que des
gens qui n'avoient jamais enten-

du parler de la Guerre, se trouverent pourtant fort vaillans
contre les pierres de ce Temple,
& principalement contre les ri-
ches Offrandes dont il estoit
plein ; que dans ces lieux Saints
on y plaça des Moines, gens infames, & inutiles, qui, pourveu
qu'ils eussent un habit noir &
mal propre, prenoient une autorité tyrannique sur l'esprit des
Peuples, & que ces Moines au
lieu des Dieux que l'on voyoit
par les lumieres de la raison,
donnoient à adorer des Testes
de Brigands punis pour leurs crimes, qu'on avoit salées afin de
les conserver. C'est ainsi que cet
Impie traite les Moines & les
Reliques ; il faloit que la licence
fust encore bien grande du tems

qu’on écrivoit de pareilles chofes
fur la Religion des Empereurs.
Ruffin ne manque pas de nous
marquer qu’on trouva le Temple de Serapis tout plein de chemins couverts, & de machines
difpofées pour les fourberies des
Preftres. Il nous apprend entre
autres chofes qu’il y avoit à l’O-
rient du Temple une petite fe-
neftre par où entroit à certain
jour un rayon du Soleil qui alloit
donner fur la bouche de Serapis.
Dans le mefme temps on apportoit un Simulacre du Soleil qui
eftoit de fer, & qui eftant attiré
par de l’aimant caché dans la
voûte, s’élevoit vers Serapis. A-
lors on difoit que le Soleil faluoit
ce Dieu; mais quand le Simulacre de fer retomboit, & que le

rayon se retiroit de dessus la bouche de Serapis, le Soleil luy avoit
assez fait sa cour, & il alloit à ses
affaires.

Aprés que Theodose eut dé-
fait le rebelle Eugene, il alla à
Rome où tout le Senat tenoit encore pour le Paganisme. La
grande raison des Payens estoit,
que depuis douze cens ans Rome
s'estoit fort bien trouvée de ses
Dieux, & qu'elle en avoit reçû toutes sortes de prosperitez.
L'Empereur harangua le Senat,
& l'exhorta à embrasser le Christianisme; mais on luy répondit
toûjours que par l'usage & l'experience on avoit reconnu le Paganisme pour une bonne Religion, & que si on le quittoit
pour le Christianisme, on ne sça-

voit ce qui en arriveroit. Voilà
quelle estoit la Theologie du
Senat Romain. Quand Theo-
dose vit qu'il ne gagnoit rien
sur ces gens-là, il leur declara
que le Fisc estoit trop chargé
des dépenses qu'il faloit faire
pour les Sacrifices, & qu'il avoit
besoin de cet argent-là pour
payer ses Troupes. On eut beau
luy representer que les Sacrifices n'estoient point legitimes s'ils
ne se faisoient de l'argent public,
il n'eut point d'égard à cet in-
convenient. Ainsi les Sacrifices &
les anciennes Ceremonies cesserent, & Zozime ne manque pas
de remarquer que depuis ce
temps-là toutes sortes de malheurs fondirent sur l'Empire Romain.

Le mefme Auteur raconte qu'à ce voyage que Theodofe fit à Rome, Serena femme de Stilicon voulut entrer dans le Temple de la Mere des Dieux pour luy infulter, & qu'elle ne fit point de difficulté de s'accommoder d'un beau Collier que la Déeffe portoit. Une vieille Veftale luy reprocha fort aigrement cette impieté, & la pourfuivit jufque hors du Temple avec mille imprecations. Depuis cela, dit Zozime, la pauvre Serena eut fouvent, foit en dormant, foit en veillant, une vifion qui la menaçoit de la mort.

Les derniers efforts du Paganifme furent ceux que fit Symmaque pour obtenir des Empe-

reurs Valentinien, Theodofe, &
Arcadius, le rétabliffement des
Privileges des Veftales, & de
l'Autel de la Victoire dans le Capitole; mais tout le monde fçait
avec quelle vigueur S. Ambroife
s'y oppofa.

Il paroift pourtant par les
pieces mefme de ce fameux Procés que Rome avoit encore l'air
extrêmement Payen ; car faint
Ambroife demande à Symmaque
s'il ne fuffit pas aux Payens d'a-
voir les Places Publiques , les
Portiques, les Bains remplis de
leurs Simulacres, & s'il faut encore que leur Autel de la Victoire foit placé dans le Capitole qui
eft le lieu de la Ville où il vient
le plus de Chreftiens , *afin que
ces Chreftiens*, dit - il , *reçoivent*

malgré eux la fumée des Sacrifices dans leurs yeux, la Musique dans leurs oreilles, les cendres dans leur gosier, & l'encens dans leur nez.

Mais lors mesme que Rome estoit assiegée par Alaric, sous Honorius, elle estoit encore pleine d'Idoles. Zozime dit que comme tout devoit alors conspirer à la perte de cette malheureuse Ville, non-seulement on osta aux Dieux leurs parures ; mais que l'on fondît quelques-uns de ces Dieux qui estoient d'or ou d'argent, & que de ce nombre fût la Vertu ou la Force, aprés quoy aussi elle abandonna entierement les Romains. Zozime ne doutoit pas que cette belle pointe ne renfermast la veritable cause de la prise de Rome.

On ne fçait fi fur la foy de cet Auteur on peut recevoir l'Hiftoire fuivante. Honorius défendit à ceux qui n'eftoient pas Chrétiens de paroiftre à la Cour avec un Baudrier, ny d'avoir aucun commandement. Generid Païen, & mefme Barbare, mais tres-brave homme, qui commandoit les Troupes de Pannonie & de Dalmatie, ne parut plus chez l'Empereur, mit bas le Baudrier, & ne fit plus aucunes fonctions de fa Charge. Honorius luy demandant un jour pourquoy il ne venoit pas au Palais en fon rang, felon qu'il y eftoit obligé, il luy reprefenta qu'il y avoit une Loy qui luy oftoit le Baudrier & le commandement. L'Empereur luy dit que cette Loy n'eftoit pas

pour

pour un homme comme luy, mais Generid répondit qu'il ne pouvoit recevoir une diſtinction qui le ſeparoit d'avec tous ceux qui profeſſoient le meſme culte. En effet, il ne reprit point les fonctions de ſa Charge, juſqu'à ce que l'Empereur vaincu par la neceſſité, euſt luy-meſme retracté ſa Loy. Si cette Hiſtoire eſt vraye, on peut juger qu'Honorius ne contribua pas beaucoup à la ruïne du Paganiſme.

Mais enfin, tout l'exercice de la Religion Païenne fut défendu ſous peine de la vie, par une Conſtitution des Empereurs Valentinien III. & Martien l'an 451. de Jeſus-Chriſt. C'eſtoit-là le dernier coup que l'on puſt porter à cette fauſſe Religion. On

A a

trouve pourtant que les mefmes
Empereurs qui eftoient fi zelez
pour l'avancement du Chriftianifme, ne laiffoient pas de conferver quelques reftes du Paganifme, peut-eftre affez confiderables. Ils prenoient, par exemple, le titre de *Souverains Ponti-*
fes, & cela vouloit dire Souverains Pontifes des Augures, des
Arufpices, enfin de tous les Colleges des Preftres Payens, &
Chefs de toute l'ancienne Ido-
lâtrie Romaine.

Zozime prétend que le Grand
Conftantin mefme, & Valentinien & Valens, reçûrent volontiers des Pontifes Payens, & ce
titre & l'habit de cette Dignité
qu'on leur alloit offrir felon la
coûtume à leur avenement à

l'Empire, mais que Gratien re-
fufa l'équipage Pontifical, & que
quand on le reporta aux Pontifes, le premier d'entr'eux dit
tout en colere, *Si Princeps non
vult appellari Pontifex, admodum
brevi Pontifex Maximus fiet.* C'eft
une pointe attachée aux mots
Latins, & fondée fur ce que Maxime fe révoltoit alors contre
Gratien pour le dépoüiller de
l'Empire.

Mais un témoignage plus ir-
reprochable fur ce Chapitre-là
que celuy de Zozime, c'eft celuy
des Infcriptions. On y voit le
titre de *Souverain Pontife* donné
à des Empereurs Chreftiens, &
mefme dans le fixiéme Siécle,
deux cens ans aprés que le Chriftianifme eftoit monté fur le

Trône, l'Empereur Justin * parmy toutes ses autres qualitez
prend celle de *Souverain Pontife,*
dans une Inscription qu'il avoit
fait faire pour la Ville de Justi-
nopolis en Istrie, à laquelle il
donnoit son nom.

Estre un des Dieux d'une fausse Religion, c'est encore bien
pis que d'en estre le Souverain
Pontife. Le Paganisme avoit érigé les Empereurs Romains en
Dieux, & pourquoy non ? Il avoit
bien érigé la Ville de Rome en
Déesse. Les Empereurs Theodose & Arcadius, quoy que Chrétiens, souffrent que Symmaque, ce
grand défenseur du Paganisme,
les traite de *Vostre Divinité,* ce
qu'il ne pouvoit dire que dans le

* *Gruter.*

fens & felon la coûtume, des
Payens, & nous voyons des Infcriptions en l'honneur d'Arcadius & d'Honorius qui portent,
*Un tel devoüé à leur Divinité &
àleur Majefté.*

Mais les Empereurs Chreftiens
ne reçoivent pas feulement ces
titres, ils fe les donnent eux-mefmes. On ne voit autre chofe dans
les Conftitutions de Theodofe,
de Valentinien, d'Honorius &
d'Anaftafe. Tantoft ils nomment
leurs Edits des *Statuts Celeftes*,
des Oracles Divins; tantoft ils difent nettement, *la tres-heureufe
expedition de noftre Divinité*, &c.

On peut dire que ce n'eftoit-
là qu'un ftile de Chancellerie,
mais c'eftoit un fort mauvais
ftile, ridicule pendant le Paga-

nifme mefme , & impie dans le
Chriftianifme ; & puis , n'eft-il
pas merveilleux que de pareilles
extravagances deviennent des
manieres de parler familieres &
communes dont on ne peut plus
fe paffer ?

La verité eft que la flatterie
des Sujets pour leurs Maiftres,
& la foibleffe naturelle qu'ont les
Princes pour les loüanges, main-
tinrent l'ufage de ces expreffions
plus long-temps qu'il n'auroit
fallu. J'avoüe qu'il faut fuppofer
& cette flaterie & cette foibleffe extrêmes chacune dans fon
genre ; mais auffi ces deux cho-
fes-là n'ont-elles pas de bornes.
On donne ferieufement à un
homme le nom de Dieu, cela
n'eft prefque pas concevable, &

ce n'eſt pourtant encore rien. Cet homme le reçoit; il le reçoit ſi bien, qu'il s'accoûtume luy-meſme à ſe le donner, & cependant ce meſme homme avoit une idée ſaine de ce que c'eſt que Dieu. Ajuſtez-moy tout cela d'une maniere qui ſauve l'honneur de la nature humaine.

Quant au titre de Souverain Pontife, il n'eſtoit pas ſi flateur que la vanité des Empereurs Chreſtiens fuſt intereſſee à ſa conſervation. Peut-eſtre croyoient-ils qu'il leur ſerviroit à tenir encore plus dans le reſpect ce qui reſtoit de Payens; peut eſtre n'euſſent-ils pas eſté fâchez de ſe rendre Chefs de la Religion Chreſtienne à la faveur de l'équivoque; en

effet on voit quelques occasions
où ils en usoient assez en Maîtres, & quelques-uns ont écrit
que les Empereurs avoient re-
noncé à ce titre, par l'égard
qu'ils avoient eu pour les Papes,
qui apparemment en craignoient
l'abus.

Il n'est pas si surprenant de
voir passer dans le Christianisme
pour quelques temps ces restes
du Paganisme, que de voir ce
qu'il y avoit dans le Paganisme
de plus extravagant, & de plus
barbare, & de plus opposé à la
raison & à l'interest commun des
hommes, estre le dernier à finir;
je veux dire les Victimes humaines. Cette Religion estoit étran-
gement bigarée; elle avoit des
choses extrêmement gayes. &
d'autres

d'autres tres-funestes. Icy les Dames vont dans un Temple accorder par devotion leurs faveurs
aux premiers venus, & là par
devotion on égorge des hommes
sur un Autel. Ces détestables Sacrifices se trouvent dans toutes les
Nations. Les Grecs les pratiquoient aussi - bien que les Sci-
thes, mais non pas à la verité
aussi fréquemment ; & les Romains, qui dans un Traité de
Paix avoient exigé des Cartha-
ginois qu'ils ne sacrifieroient plus
leurs Enfans à Saturne selon la
coûtume qu'ils en avoient reçûë
des Pheniciens leurs Ancestres ;
les Romains eux-mesmes immoloient tous les ans un homme à
Jupiter. Latial-Eusebe cite Porphire, qui le rapporte comme

Bb

une chofe qui eftoit encore en
ufage de fon temps. Lactance &
Prudence, l'un du commencement & l'autre de la fin du quatriéme Siecle, nous en font ga-
rans auffi, chacun pour le temps
où il vivoit. Ces Ceremonies pleines d'horreur ont duré autant
que les Oracles, où il n'y avoit
tout au plus que de la fottife &
de la credulité.

CHAPITRE V.

Que quand le Paganisme n'eust pas dû estre aboly, les Oracles eussent pris fin.

Premiere raison particuliere de leur décadence.

LE Paganisme a dû necessairement enveloper les Oracles dans sa ruine, lors qu'il a esté aboly par le Christianisme. De plus, il est certain que le Christianisme avant mesme qu'il fust encore la Religion dominante, fit extrêmement tort aux Oracles, parce que les Chrétiens s'étudierent à en desabuser les Peuples, & à en découvrir l'imposture; mais indépendam-

Bb ij

ment du Chriftianifme, les Oracles ne laiffoient pas de décheoir
beaucoup par d'autres caufes, &
à la fin ils euffent entierement
tombé.

On commence à s'apperce-
voir qu'ils dégenerent dés qu'ils
ne fe rendent plus en Vers. Plutarque a fait un Traité exprés
pour rechercher la raifon de ce
changement, & à la maniere des
Grecs, il dit fur ce fujet tout
ce qu'on peut dire de vray & de
faux.

D'abord, c'eft que le Dieu
qui agite la Pithie fe proportion-
ne à fa capacité, & ne luy fait
point faire de Vers fi elle n'eft
pas affez habile pour en pouvoir
faire naturellement. La connoiffance de l'avenir eft d'Apollon,

mais la maniere de l'exprimer
est de la Prestresse. Ce n'est pas
la faute du Musicien s'il ne peut
pas se servir d'une Lire comme
d'une Flufte, il faut qu'il s'ac-
commode à l'Instrument. Si la
Pithie donnoit ses Oracles par
écrit, dirions-nous qu'ils ne vien-
droient pas d'Apollon, parce
qu'ils ne seroient pas d'une assez
belle écriture? L'ame de la Pithie
lors qu'elle se vient joindre à
Apollon est comme une jeune
Fille à marier qui ne sçait encore
rien, & est bien éloignée de sçavoir faire des Vers.

Mais pourquoy donc les anciennes Pithies parloient-elles
toutes en Vers ? n'estoient-ce
point alors des ames Vierges qui
venoient se joindre à Apollon?

Bb iij

A cela Plutarque répond premierement, que les anciennes
Pithies parloient quelquefois en
Profe, mais de plus, que tout le
monde anciennement eſtoit né
Poëte. Dés que ces gens-là, dit-
il, avoient un peu bû, ils faiſoient des Vers; ils n'avoient pas
ſi-toſt vû une jolie femme, que
c'eſtoient des Vers ſans fin; ils
pouſſoient des Sons, qui eſtoient
naturellement des Chants. Ainſi
rien n'eſtoit plus agreable que
leurs Feſtins & leurs galanteries.
Maintenant ce Genie poëtique
s'eſt retiré des hommes, il y a
encore des Amours auſſi ardens
qu'autrefois, & meſme auſſi
grands parleurs, mais ce ne ſont
que des Amours en Profe. Toute
la Compagnie de Socrate & de

Platon, qui parloit tant d'amour,
n'a jamais fçû faire des Vers. Je
trouve tout cela trop faux &
trop joly pour y répondre serieusement.

Plutarque rapporte une autre
raison qui n'est pas tout-à-fait si
fausse. C'est qu'anciennement il
ne s'écrivoit rien qu'en Vers, ny
sur la Religion, ny sur la Morale, ny sur la Physique, ny sur
l'Astronomie. Orphée & Hésio-
de que l'on connoist assez pour
des Poëtes, estoient aussi des Philosophes ; & Parmenides, Xe-
nophane, Empedocle, Eudoxe,
Thales que l'on connoist assez
pour des Philosophes, estoient
aussi des Poëtes. Il est assez surprenant que la Prose n'ait fait
que succeder aux Vers, & qu'on

ne fe foit pas avifé d'écrire d'a-
bord dans le langage le plus naturel ; mais il y a toutes les apparences du monde, que comme
on n'écrivoit alors que pour
donner des préceptes, on voulut les mettre dans un difcours
mefuré, afin de les faire retenir
plus aifément. Auffi les Loix &
la Morale eftoient-elles en Vers.
Sur ce pied-là, l'origine de la
Poëfie eft bien plus férieufe que
l'on ne croit d'ordinaire, & les
Mufes font bien forties de leur
premiere gravité. Qui croiroit
que naturellement le Code duft
eftre en Vers, & les Contes de
la Fontaine en Profe ? Il falloit
donc bien, dit Plutarque, que
les Oracles fuffent autrefois en
Vers, puis qu'on y mettoit tou-

tes les choſes importantes. Apollon voulut bien en cela s'accommoder à la mode. Quand la Proſe commença d'y eſtre, Apollon
parla en Proſe.

Je croy bien que dans les com-
mencemens on rendoit les Oracles en Vers, & afin qu'ils fuſſent plus aiſez à retenir, & pour
ſuivre l'uſage qui avoit condamné la Proſe à ne ſervir qu'aux
diſcours ordinaires. Mais les
Vers furent chaſſez de l'Hiſtoire
& de la Philoſophie qu'ils em-
barraſſoient ſans neceſſité, à peu
prés ſous le Regne de Cyrus;
Thales qui vivoit en ce temps-
là, fut des derniers Philoſophes
Poëtes, & Apollon ne ceſſa de
parler en Vers que peu de temps
avant Pirrus, comme nous l'ap-

prenons de Ciceron, c'eſt-à-dire quelques 230. ans aprés Cyrus. Il paroiſt par-là qu'on retint les Vers à Delphes le plus long-temps qu'on put; parce qu'on a-voit reconnu qu'ils convenoient à la dignité des Oracles, mais qu'enfin on fut obligé de ſe ré-duire à la ſimple Proſe.

Plutarque ſe mocque quand il dit que les Oracles ſe rendirent en Proſe, parce qu'on y deman-da plus de clarté, & qu'on ſe deſabuſa du galimatias myſte-rieux des Vers. Soit que les Dieux meſmes parlaſſent, ſoit que ce ne fuſſent que les Prê-tres, je voudrois bien ſçavoir ſi l'on pouvoit obliger les uns ou les autres à parler plus claire-ment.

Il prétend avec plus d'apparence que les Vers prophetiques
se décrierent par l'usage qu'en
faisoient de certains Charlatans,
que le menu peuple consultoit,
le plus souvent dans les Carre-
fours. Les Prestres des Temples
ne voulurent avoir rien de commun avec eux, parce qu'ils é-
toient des Charlatans plus no-
bles & plus sérieux, ce qui fait
une grande difference dans ce
métier-là.

Enfin, Plutarque se résout à
nous apporter la veritable raison.
C'est qu'autrefois on ne venoit
consulter Delphes que sur des
choses de la derniere importan-
ce, sur des Guerres, sur des Fon-
dations de Villes, sur les interests des Rois & des Republi-

ques. Prefentement, dit-il, ce font des Particuliers qui viennent demander à l'Oracle s'ils fe marieront, s'ils acheteront un Efclave, s'ils réüffiront dans le trafic; & lors que des Villes y envoyent, c'eft pour fçavoir fi leurs Terres feront fertiles, ou fi leurs Troupeaux multiplieront. Ces demandes-là ne valent pas la peine qu'on y réponde en Vers, & fi le Dieu s'amufoit à en faire, il faudroit qu'il reffemblaft à ces Sophiftes qui font parade de leur fçavoir, lors qu'il n'en eft nullement queftion.

Voilà effectivement ce qui fervit le plus à ruïner les Oracles. Les Romains devinrent maiftres de toute la Grece, & des Empires fondez par les Succeffeurs

d'Alexandre. Dés que les Grecs
furent fous la domination des
Romains, dont ils n'efpererent
pas de pouvoir fortir, la Grece
ceffa d'eftre agitée par les divi-
fions continuelles qui regnoient
entre tous ces petits Etats dont
les interefts eftoient fi broüillez.
Les Maiftres communs calme-
rent tout , & l'efclavage pro-
duifit la paix. Il me femble que
les Grecs n'ont jamais efté fi
heureux qu'ils le furent alors.
Ils vivoient dans une profonde tranquillité , & dans une
oifiveté entiere ; ils paffoient
les journées dans leurs Parcs
des exercices, à leurs Theatres,
dans leurs Ecoles de Philofophie. Ils avoient des Jeux, des
Comedies, des Difputes & des

Harangues, que leur faloit-il de plus felon leur genie? mais tout cela fournissoit peu de matiere aux Oracles, & l'on n'estoit pas obligé d'importuner souvent Delphes. Il estoit assez naturel que les Prestres ne se donnassent plus la peine de répondre en Vers quand ils virent que leur Mestier n'estoit plus si bon qu'il l'avoit esté.

Si les Romains nuisirent beaucoup aux Oracles par la paix qu'ils établirent dans la Grece, ils leur nuisirent encore plus par le peu d'estime qu'ils en faisoient. Ce n'estoit point là leur folie. Ils ne s'attachoient qu'à leurs Livres Sibillins, & à leur Divination Etrusque, c'est-à-dire aux Aruspices, & aux Augures. Les maximes & les fentimens d'un Peuple qui domine, paffent aifément dans les autres Peuples, & il n'eft pas furprenant que les Oracles, eftant une invention Grecque, ayent fuivy la deftinée de la Grece, qu'ils ayent efté floriffans avec elle, & qu'ils ayent perdu avec elle leur premier éclat.

Il faut pourtant convenir qu'il y avoit des Oracles dans l'Italie. Tibere, dit Suetone, alla à l'Oracle de Gerion auprés de Padoüe; là eftoit une certaine Fontaine d'Apon, qui, fi l'on en veut croire Claudien, rendoit la parole aux Muets, & gueriffoit toutes fortes de maladies. Suetone dit encore que Tibere vouloit ruiner les Oracles qui eſtoient proche de Rome, mais qu'il en fut détourné par le miracle des Sorts de Preneſte, qui ne ſe trouverent point dans un Coffre bien fermé & bien ſcellé où il les avoit fait apporter de Preneſte à Rome, & qui ſe retrouverent dans ce meſme Coffre dés qu'on les eut reportées à Preneſte.

A ces Sorts de Preneſte, & à celles d'Antium, il y faut ajoûter les Sorts du Temple * d'Hercule qui eſtoit à Tibur.

¶ Pline le jeune décrit ainſi l'Oracle de Clitomne Dieu d'un Fleuve d'Ombrie. *Le Temple eſt ancien & fort reſpecté. Clitomne eſt là habillé à la Romaine. Les Sorts marquent la preſence & le pouvoir*

* STACE.

de

de la Divinité. Il y a à l'entour
plusieurs petites Chapelles dont quel-
ques-unes ont des Fontaines & des
Sources ; car Clitomne est comme le
Pere de plusieurs autres petits Fleu-
ves qui viennent se joindre à luy. Il
y a un Pont qui fait la séparation de
la partie Sacrée de ses eaux d'avec
la profane. Au dessus de ce Pont on ne
peut qu'aller en Bateau, au dessous
il est permis de se baigner. Je ne
croy point connoistre d'autre
Fleuve que celuy-là qui rende
des Oracles ; ce n'estoit guere
leur coûtume.

Mais dans Rome mesme il y
avoit des Oracles. Esculape n'en
rendoit-il pas dans son Temple
de l'Isle du Tibre ? On a trouvé
à Rome un morceau d'une Table de Marbre, où sont en Grec

Cc

les Hiſtoires de trois miracles d'Eſculape. En voiy le plus conſiderable , traduit mot à mot ſur l'Inſcription. *En ce meſme temps il rendit un Oracle à un Aveugle nommé Caïus ; Il luy dit qu'il allaſt au ſaint Autel , qu'il s'y miſt à genoux , & y adoraſt, qu'enſuite il allaſt du coſté droit au coſté gauche, qu'il mît les cinq doigts ſur l'Autel , & enfin qu'il portaſt ſa main ſur ſes yeux. Aprés tout cela l'Aveugle vit , le Peuple en fut témoin, & marqua la joye qu'il avoit de voir arriver de ſi grandes merveilles ſous noſtre Empereur Antonin.* Les deux autres gueriſons ſont moins ſurprenantes , ce n'étoit qu'une pleureſie, & une perte de ſang , deſeſperées l'une & l'autre à la verité , mais le Dieu avoit ordonné à ses Malades des Pommes de Pin avec du Miel, & du Vin avec de certaines cendres, qui sont des choses que les Incredules peuvent prendre pour de vrais Remedes.

Ces Inscriptions pour estre Grecques, n'en ont pas esté moins faites à Rome. La forme des Lettres, & l'Ortographe ne paroissent pas estre de la main d'un Sculpteur Grec. De plus quoy qu'il soit vray que les Romains faisoient leurs Inscriptions en Latin, ils ne laissoient pas d'en faire quelques - unes en Grec, principalement lors qu'il y avoit pour cela quelque raison particuliere. Or il est assez vray-semblable qu'on ne se servist que de la Langue Grecque dans le

Cc ij

Temple d'Efculape, parce que c'eftoit un Dieu Grec, & qu'on avoit fait venir de Grece pendant cette grande Pefte dont tout le monde fçait l'Hiftoire.

Cela mefme nous fait voir que cet Oracle d'Efculape n'étoit pas d'Inftitution Romaine, & je croy qu'on trouveroit auffi à la plufpart des Oracles d'Italie une origine Grecque, fi l'on vouloit fe donner la peine de la chercher.

Quoy qu'il en foit, le petit nombre d'Oracles qui eftoient en Italie, & mefme à Rome, ne fait qu'une exception tres-peu confiderable à ce que nous avons avancé. Efculape ne fe mêloit que de la Medecine, & n'avoit nulle part au Gouverne-

ment. Quòy qu'il fçût rendre la
vûë aux Aveugles, le Senat ne
fe fuft pas fié à luy de la moindre affaire. Parmy les Romains
les Particuliers pouvoient avoir
foy aux Oracles, s'ils vouloient,
mais l'Etat n'y en avoit point.
C'eftoient les Sibiles & les entrailles des Animaux qui gou-
vernoient, & une infinité de
Dieux tomberent dans le mépris, lors qu'on vit que les Maîtres de la Terre ne daignoient
pas les confulter.

CHAPITRE VI.

Seconde cause particuliere de la decadence des Oracles.

IL y a icy une difficulté que je ne diffimuleray pas. Dés le temps de Pirrhus, Apollon eſtoit réduit à la Profe, c'eſt-à-dire, que les Oracles commençoient à décheoir, & cependant les Romains ne furent Maiſtres de la Grece que long-temps aprés Pirrhus ; & depuis Pirrhus juſqu'à l'établiſſement de la domination Romaine dans la Grece, il y eut en tout ce païs-là autant de Guerres & de mouvemens que jamais, & autant de ſujets importans d'aller à Delphes.

Cela eſt tres-vray. Mais auſſi du temps d'Alexandre , & un peu avant Pirrhus , il ſe forma dans la Grece de grandes Sectes de Philoſophes qui ſe moc-quoient des Oracles, les Cini-ques , les Peripateticiens , les Epicuriens. Les Epicuriens ſur tout ne faiſoient que plaiſanter des méchans Vers qui venoient de Delphes ; car les Preſtres les faiſoient comme ils pouvoient, ſouvent meſme péchoient-ils contre les regles de la meſu-re , & ces Philoſophes railleurs trouvoient fort mauvais qu'A-pollon , le Dieu de la Poëſie , fuſt infiniment au deſſous d'Ho-mere, qui n'avoit eſté qu'un ſim-ple mortel, inſpiré par Apollon meſme.

On avoit beau leur répondre, que la méchanceté mesme des Vers marquoit qu'ils partoient d'un Dieu, qui avoit un noble mépris pour les regles, ou pour la beauté du ftile. Les Philofophes nefe payoient point de cela, & pour tourner cette réponfe en ridicule, ils rapportoient l'exemple de ce Peintre, à qui on avoit demandé un Tableau d'un cheval qui fe roulaft à terre fur le dos. Il peignit un cheval qui couroit, & quand on luy dit que ce n'eftoit pas là ce qu'on luy avoit demandé, il renverfa le Tableau, & dit, *Ne voila-t-il pas le cheval qui fe roule fur le dos?* C'eft ainfi que ces Philofophes fe mocquoient de ceux qui par un certain raifonnement qui fe renverfoit,

renverſoit, euſſent conclu également que les Vers eſtoient
d'un Dieu, ſoit qu'ils euſſent
eſté bons, ſoit qu'ils euſſent eſté
méchans.

Il falut enfin que les Preſtres
de Delphes accablez des plaiſanteries de tous ces gens-là, re-
nonçaſſent aux Vers, du moins
pour ce qui ſe prononçoit ſur le
Trépié ; car hors de-là il y avoit
dans le Temple des Poëtes qui,
de ſang froid, mettoient en Vers
ce que la fureur Divine n'avoit
inſpiré qu'en Proſe à la Pithie.
N'eſt-il pas plaiſant qu'on ne ſe
contentaſt point de l'Oracle, tel
qu'il eſtoit ſorty de la bouche
du Dieu ? Mais apparemment
des gens qui venoient de loin,
euſſent eſté honteux de ne re-

D d

porter chez eux qu'un Oracle en
Profe.

Comme on confervoit l'ufage
des Vers le plus qu'il eftoit poffi-
ble, les Dieux ne dédaignoient
point de fe fervir quelquefois de
quelques Vers d'Homere dont
la verfification eftoit affûrément
meilleure que la leur. On en
trouve affez d'exemples; mais,
& ces Vers empruntez, & les
Poëtes gagez des Temples, doivent paffer pour autant de mar-
ques que l'ancienne Poëfie naturelle des Oracles s'eftoit fort dé-
criée.

Ces grandes Sectes de Philofophes contraires aux Oracles,
dûrent leur faire un tort plus
effentiel, que celuy de les rédui-
re à la Profe. Il n'eft pas poffi-

ble qu'ils n'ouvriffent les yeux à
une partie des gens raifonnables
& qu'à l'égard du Peuple mefme
ils ne rendiffent la chofe un peu
moins certaine qu'elle n'eftoit
auparavant. Quand les Oracles
avoient commencé à paroiftre
dans le monde, heureufement
pour eux la Philofophie n'y avoit
point encore paru.

CHAPITRE VII.

Dernieres Caufes particulieres de la decadence des Oracles.

LA Fourberie des Oracles
eftoit trop groffiere pour
n'eftre pas enfin découverte par
mille differentes avantures.

Je conçoy qu'on reçût d'abord les Oracles avec avidité & avec joye, parce qu'il n'eſtoit rien plus commode que d'avoir des Dieux toûjours preſts à répondre ſur tout ce qui cauſoit de l'inquiétude ou de la curioſité; je conçoy qu'on ne dût renoncer à cette commodité qu'avec beaucoup de peine, & que les Oracles eſtoient de nature à ne devoir jamais finir dans le Paganiſme, s'ils n'euſſent pas eſté la plus impertinente choſe du monde; mais enfin à force d'experiences il falut bien s'en deſabuſer.

Les Preſtres y aiderent beaucoup par l'extrême hardieſſe avec laquelle ils abuſoient de leur faux Miniſtere. Ils croyoient avoir mis les choſes au point de n'avoir beſoin d'aucuns ména-gemens.

Je ne parle point des Oracles de plaiſanteries qu'ils rendoient quelquefois. Par exemple, à un homme qui venoit demander au Dieu ce qu'il devoit faire pour devenir riche, ils luy répon-doient agréablement, *Qu'il n'a-voit qu'à poſſeder tout ce qui eſt en-tre les Villes de Sicion & de Corin-the.* * Auſſi badinoit-on quelque-fois avec eux. Polemon dormant dans le Temple d'Eſculape pour apprendre de luy les moyens de ſe guerir de la goutte, le Dieu luy apparut, & luy dit, *Qu'il s'abſtînt de boire froid.* Polemon luy répondit, *Que ferois - tu donc, mon bel Amy, ſi tu avois à*

* *Athenés.* D d iij

guerir un Bœuf. Mais ce ne font-là que des gentilleſſes de Preſtres qui s'égayoient quelquefois , & avec qui on s'égayoit auſſi.

Ce qui eſt plus eſſentiel , c'eſt que les Dieux ne manquoient jamais de devenir amoureux des belles Femmes, il faloit qu'on les envoyaſt paſſer des nuits dans les Temples, parées de la main meſme de leurs Maris, & chargées de preſens pour payer le Dieu de ſes peines. A la verité on fermoit bien les Temples à la vûë de tout le monde, mais on ne garantiſſoit point aux Maris les chemins ſoûterrains.

Pour moy j'ay peine à concevoir que de pareilles choſes ayent pû eſtre pratiquées ſeulement une fois. Cependant Herodote

nous affûre qu'au huitiéme &
dernier étage de cette fuperbe
Tour du Temple de Belus à Babylone, eftoit un Lit magnifique
où couchoit toutes les nuits une
Femme choifie par le Dieu. Il
s'en faifoit autant à Thébes en
Egypte. Et quand la Preftreffe
de l'Oracle de Patare en Licie
devoit prophetifer, il faloit auparavant qu'elle couchaft feule
dans le Temple où Apollon venoit l'infpirer.

Tout cela s'eftoit pratiqué
dans les plus épaiffes tenebres
du Paganifme, & dans un temps
où les Cérémonies Payennes
n'eftoient pas fujettes à eftre
contredites ; mais à la vûë des
Chreftiens, le Saturne d'Alexandrie ne laiffoit pas de faire

venir les nuits dans son Temple
telle femme qu'il luy plaisoit de
nommer par la bouche de Tyrannus son Prestre. Beaucoup de
femmes avoient reçû cet honneur avec grand respect, & on
ne se plaignoit point de Saturne,
quoy qu'il soit le plus âgé & le
moins galant des Dieux. Il s'en
trouva une à la fin, qui ayant
couché dans le Temple, fit reflexion qu'il ne s'y estoit rien passé que de fort humain, & dont
Tyrannus n'eust esté assez capable. Elle en avertit son Mary,
qui fit faire le Procez à Tyrannus. Le malheureux avoüa tout,
& Dieu sçait quel scandale dans
Alexandrie.

Les crimes des Prestres, leur
insolence, divers événemens

qui avoient fait paroiſtre au jour
leurs fourberies, l'obſcurité, l'incertitude & la fauſſeté de leurs
réponſes, auroient donc enfin
décredité les Oracles, & en auroient cauſé la ruïne entiere,
quand meſme le Paganiſme n'auroit pas dû finir.

Mais il s'eſt joint à cela des
cauſes étrangeres. D'abord de
grandes Sectes de Philoſophes
Grecs qui ſe ſont mocquez des
Oracles, enſuite les Romains
qui n'en faiſoient point d'uſage ; enfin les Chreſtiens qui les
déteſtoient, & qui les ont abolis
avec le Paganiſme.

FIN.

PRIVILEGE DU ROY.

LOUIS par la grace de Dieu, Roy de France & de Navarre : A nos amez & feaux Conseillers, les gens tenans nos Cours de Parlement, Maîtres des Requeftes Ordinaires de nôtre Hôtel, Grand Confeil, Prevofts de Paris, Baillifs, Senechaux, leurs Lieutenans Civils & autres nos Jufticiers qu'il appartiendra. SALUT. Nôtre bien amé le Sieur de FONTENELLE. l'un des Quarante, tant de Nôtre Academie Françoife, que de Notre Academie Royale des Infcriptions, Secretaire de Nôtre Academie Royale des Sciences, Nous ayant fait expofer qu'il auroit cy-devant donné au Public en vertu des Lettres de Privilege quelques Ouvrages de fa Compofition, lefquels ont efté bien reçûs, & dont il defireroit donner une Nouvelle Edition, s'il Nous plaifoit luy accorder Nos Lettres de Privilege, par lefquelles il luy fût auffi permi, de faire imprimer quelques autres Ouvrages qui n'ont pas encore efté publiez. Nous avons permis & permettons par ces Prefentes audit Sieur de FONTENELLE de faire reimprimer tous fes Ouvrages cy-devant imprimez, & même de faire imprimer cy-aprés tous les autres Ouvrages de fa compofition en telle forme, marge, caracteres, & autant de fois que bon luy semblera, & de les faire vendre & debiter par tout Nôtre Royaume pendant le temps de *dix années consecutives*, à compter du jour de la datte desdites Presentes. Faisons deffenses à tous Imprimeurs, Libraires & autres personnes de quelque qualité & condition qu'elles soient, d'imprimer, faire imprimer, contrefaire, vendre ni debiter lesdits Ouvrages sous quelque pretexte que ce puisse estre, même d'Impression Etrangere, sans le consentement par écrit dudit Exposant ou de ses ayans cause, à peine de confiscation des Exemplaires contrefaits, de quinze cens livres d'amende contre chacun des contrevenans, dont un tiers à Nous, un tiers à l'Hôtel-Dieu de Paris, l'autre tiers audit Exposant, & de tous dépens, dommages & interests : A la charge que ces Presentes seront enregistrées tout au long sur le Registre de la Communauté des Imprimeurs & Libraires de Paris, & ce dans trois mois de la datte. Que l'Impression desdits Ouvrages sera faite dans Nôtre Royaume, & non ailleurs, & ce en bon papier, & en beaux caracteres, conformement aux Réglemens de la Librairie ; & qu'avant que de les exposer en vente il en sera mis de chacun deux Exemplaires dans Nôtre Bibliotheque, publique, un dans celle de Nôtre Château du Louvre, & un dans celle de Nôtre tres-cher & feal Chevalier Chancelier de France le Sieur

Phelypeaux Comte de Pontchartrain, Commandeur de Nos Ordres. Du contenu defquelles vous mandons & enjoignons de faire joüir ledit Sieur Expofant ou fefdits ayans caufe pleinement & paifiblement, fans fouffrir qu'il leur foit fait aucun trouble ou empêchement. Voulons que la copie defdites Prefentes qui fera imprimée au commencement ou à la fin defdits Ouvrages, foit tenuë pour dûëment fignifiée, & qu'aux coppies collationnées par l'un de Nos amez & feaux Confeillers & Secretaires du Roy, foy foit ajoûtée comme à l'original. Commandons au premier Nôtre Huiffier ou Sergent de faire pour l'execution d'icelles tous actes requis & neceffaires fans demander autre permiffion, & nonobftant clameur de Haro, Chartre Normande, & Lettres à ce contraires. CAR tel eft Noftre plaifir. Donné à Verfailles le premier jour de Mars l'an de Grace mil fept cens quatre, & de Notre Regne le foixante-uniéme.

Par le Roy en fon Confeil, LE COMTE.

Regiftré fur le Livre de la Communauté des Libraires & Imprimeurs de Paris, N° CXL. p. 186. conformément aux Reglemens, & notamment à l'Arreft du Confeil du 13. Aouft dernier. A Paris ce dix fept Mars mil fept cens quatre. Signé P. EMERY, Syndic.

www.ingramcontent.com/pod-product-compliance
Lightning Source LLC
Chambersburg PA
CBHW070325030726

47505CB00004B/1088